U0879324

粉墨春秋

——戏剧背后的故事

陈锦红 编著

全国百佳图书出版单位
时代出版传媒股份有限公司
黄山书社

图书在版编目(CIP)数据

粉墨春秋——戏剧背后的故事 / 陈锦红编著. — 合肥：黄山书社，2015.7
（古典新读·第2辑，中国古代的诗书意趣）
ISBN 978-7-5461-5154-0

Ⅰ.①粉… Ⅱ.①陈… Ⅲ.①戏剧文学–文学欣赏–中国–古代
Ⅳ.①I207.3

中国版本图书馆CIP数据核字（2015）第175733号

粉墨春秋——戏剧背后的故事
FENMO CHUNQIU XIJU BEIHOU DE GUSHI
陈锦红 编著

出品人 任耕耘
总策划 任耕耘 蒋一谈
执行策划 马 磊
项目总监 高 杨 钟 鸣
内容总监 毛白鸽
编辑统筹 张月阳 王 新
责任编辑 高 杨
图文编辑 王 新
装帧设计 王萌萌 李 晶
图片统筹 DuTo Time
出版发行 时代出版传媒股份有限公司（http://www.press-mart.com）
黄山书社（http://www.hspress.cn）
地址邮编 安徽省合肥市蜀山区翡翠路1118号出版传媒广场7层 230071
印 刷 安徽联众印刷有限公司
版 次 2015年12月第1版
印 次 2015年12月第1次印刷
开 本 710mm×875mm 1/32
字 数 112千
印 张 5
书 号 ISBN 978-7-5461-5154-0
定 价 26.00元

服务热线 0551-63533706
销售热线 0551-63533761
官方直营书店（http://hsssbook.taobao.com）

版权所有 侵权必究
凡本社图书出现印装质量问题，
请与印制科联系。
联系电话 0551-63533725

前言

中国戏剧历史悠久，自萌芽至今，历经唐、宋、元、明、清数代，时光荏苒，光彩依然。每一个时代，都有着不同的时代环境及文化氛围，都有着独具一格的人文精神及社会形态。言为心声，戏剧是戏剧家的有声语言，戏剧写的也是社会与人生。戏剧参与了时政谏言，或反映人民疾苦，揭露社会黑暗与统治者残暴，或歌颂美好婚姻爱情，抒写朝代兴替、历史变迁，这些都是一种时代的心声、人民的心声。社会的黑暗或动荡，在戏剧中就变成人民的苦难和不幸。同时，每一件戏剧艺术作品背后，都有着鲜为人知的故事。

汤显祖《牡丹亭》为情生死的背后，是封建社会令人窒息的婚姻制度和他宦海浮沉的一生；《西厢记》“愿普天下有情的都成了眷属”的呐喊，隐含了多少青年男女的追求与向往；《娇红记》主人公最后双双殉情反映了青年男女相爱而不能结成连理的残酷现实；《拜月亭记》爱情悲欢离合的背后，是金代家国兴亡、人民流离失所的社会现实；《踏谣娘》《窦娥冤》《刘知远白兔记》及《琵琶记》都以女性为主角，写出了封建社会女性的悲惨命运；《赵氏孤儿》《宝剑记》《鸣凤记》《清忠谱》则透过不同时

代的政治斗争，揭露官场中奸邪横行、忠良被害的腐败与黑暗……

戏剧家的命运经常与戏剧的命运联系在一起，洪昇因《长生殿》招了祸，孔尚任写《桃花扇》被罢了官。戏剧的千姿百态，与社会思想文化的开放与多元密不可分。元代开放的思想背景，为元杂剧的繁盛提供了良好的社会环境。明清的思想文化禁锢政策，也压制了戏剧的发展与繁荣。康海写《中山狼》隐喻人们的忘恩负义，社会风气的败坏；徐渭以《四声猿》暗言官场与佛权的虚伪腐败，为自己悲惨不已的一生鸣不平。

所幸的是，时光流逝，历史变幻，昔日的风起云涌如今尘埃落定。那些戏剧中的人与事已成历史，只有记录了历史的戏剧流传下来。时世的流逝如此，戏剧如此，人生大抵也如此。

《粉墨春秋——戏剧背后的故事》以中国古代著名剧目为线索，按戏剧题材类型的不同，分为家国篇、民生篇、官场篇、爱情篇、神魔篇五个部分，对二十一个古典名剧进行了解读。在对戏剧原著作简要阐述的同时，还侧重于挖掘探究戏剧背后的故事：对作家的生平经历、剧本创作意图及时代背景、作品的艺术成就，以及社会影响、后世流传演变等方面作追根溯源式的梳理与阐释。此外，本书还结合剧本经典片段进行赏析，力图将古典戏剧中优美动人的唱词、深婉曲折的剧情、形象生动的人物等作深入浅出的呈现。通过这种解读，既保留古典剧目之精美高雅，又不失现代人阅读欣赏的知识性与趣味性。今天重读古典戏剧，是希望从古人的故事中获取一些有益的教训，或者从古人的悲欢离合中参透些许人生的真谛。

目录

家国篇

民生篇

官场篇

爱情篇

神魔篇

家国篇

在人类历史长河中，国家兴亡和朝代更迭是亘古不变的规律，战争和动乱历来与人类社会相伴而生。古往今来，无数人在朝代的兴替与国家的盛衰中饱受兴亡之苦，身处乱世，生灵涂炭，民不聊生。多少王侯将相因此沦为阶下囚，甚至丢掉性命；人民更是备受颠沛流离之苦，遭遇国破家亡、妻离子散的不幸。无论贵为帝王天子，还是平民布衣，安稳日子成为虚幻的梦境，寻找一处安身之所尚且不易，遑论爱情。

然而，在戏剧这种文学体裁中，反映家国兴亡的题材恰恰多与爱情主题交织共存。名为写爱情之事，实则抒兴亡之感。

施惠与《拜月亭记》

《荆钗记》、《刘知远白兔记》、《拜月亭记》、《杀狗记》被称为元代“四大南戏”。其中，《拜月亭记》成就最高，影响也最大，可惜原本已亡佚，相传该剧作者为施惠。

钟嗣成《录鬼簿》记：“惠字君美，杭州人，居吴山城隍庙前，以坐贾为业。公美目巨髯，好谈笑。余尝与赵君卿、陈彦实、颜君常至其家，每承接款，多有高论。诗酒之暇，惟以填词和曲为事。有《古今砌话》，亦成一集，其好事也如此。”这也是有关施惠最早、最详细的记录。《录鬼簿》成书于元至顺元年（1330 年），是我国第一部收录元杂剧作家生平事迹及作品的专著，参考价值极高。

《拜月亭记》又名《幽闺记》，虽以蒋世隆与王瑞兰两人爱情的悲欢离合为主线，但全剧处处可见国家兴亡、人民遭殃的痕迹。金章宗因蒙古族入侵迁都汴梁，尚书王镇被指派到敌国求和，左丞相陀满海牙强烈反对。金主听信谗佞，将忠臣陀满海牙一家诛杀。海牙之子陀满兴福在逃难中与穷秀才蒋世隆相遇，两人结为兄弟。蒋世隆和妹妹瑞莲、尚书王镇的夫人和女儿王瑞兰都在离乱中双双走失。蒋世隆寻觅妹妹瑞莲而遇见王瑞兰，两人在战乱中同行，彼此关照而相互爱慕，后在旅店主人撮合下结为夫妻。瑞莲则被王夫人收为义女。王镇

豫剧《拜月亭》剧照（图片提供：FOTOE）

出使归来，在旅店巧遇女儿瑞兰，因嫌弃贫病交加的蒋世隆，强行将瑞兰带走，夫妻二人被迫分离。战乱平定之后，王镇一家团聚。王瑞兰在拜月亭前为蒋世隆祷告，被瑞莲听到，方知两人为姑嫂。后来，蒋世隆、陀满兴福两人考取状元，王镇奉旨将两人招为女婿，兄妹、夫妻得以相认团聚。剧作者将这些反映朝廷黑暗、民生疾苦的现实，寄寓于风月爱情题材之下，可见用心之苦。

《录鬼簿》有关施惠的描述中，还有一段评价性的文字："道心清净绝无尘，和气雍容自有春，吴山风月收拾尽。一篇篇字字新，但思君赋尽《停云》。三生梦，百岁身，到头来衰草荒坟。"前两句足见钟嗣成对施惠评价极高。《拜月亭记》写蒋世隆与王瑞兰战争离乱时代的爱情，因而属风月之事。第一出〔开场始末〕交代故事情节之前有〔西江月〕："轻薄人情似纸，迁移世事如棋。今来古往不胜悲，何用虚名虚利？遇景且须行乐，当场谩共衔杯。莫教花落子规啼，懊恨春光去矣！”这曲《西江月》一开始就感叹人情轻薄、人生无常，恰似“古今多少事都付笑谈中”，为即将上演的离乱兴亡涂上淡淡的出世色彩——似有所指，又欲说还休，若隐若现。陶渊明《停云》一诗，写隐居的诗人对远方亲友真挚的思念。此剧虽写爱情，却如《停云》般寄寓作者对家国时政的殷殷关切。剧中所演故事发生的时代背景正值蒙古外族入侵，番兵突至，金朝官兵无力抵御而迁都。廷臣聂贾列谗言欺君，将忠臣陀满海牙一家三百口人尽行诛戮。全剧以此为导火索，引出蒙古侵金战争背后广阔的社会画面。

历史上的蒙金战争有深刻的渊源。公元12世纪初，女真族先后消灭辽和北宋，建立金朝。此前，蒙古草原上的诸多部族都是辽国的属臣，长期活动于蒙古草原地区，以游牧为生。辽亡后，金朝将其纳为属臣，要求其对金朝统治者进贡朝拜。邵远平《元史类编》记：蒙古族“世修贡于辽金”。其他部族也“岁时入贡，金人置东北路招讨司以统隶之”。金朝北疆与蒙古草原毗邻，为防御蒙古部族的反抗与侵扰，金朝统治者不但设置了“东北路招讨司”这样专门的统治机构，还赐予部分部族首领“王”的称号，以建立隶属关系，甚至将某些部族的子弟押往金朝作为人质等等。每次蒙古人进贡，金朝都不许其进入金朝境内，而在塞外设立专门的交接地点。

《拜月亭记》第三出〔虎狼扰乱〕通过番将之口，道出蒙古外族向金朝进贡的社会现实：“自家北番一个虎狼军将是也。只因大金天子，俺这里三年一小进，五年一大进，十年一总进。今经一十五年，并无一丝儿回答。俺主大怒，着俺起兵前去，打夺州城，占据粮草。”金朝的统治引起了蒙古部族的不满，遇上年景不好时，力量较为强大的部族就会侵入金境进行劫掠。此外，诸部族之间也存在不同的矛盾和冲突。金朝常利用各部族间的矛盾挑动战争，以坐收渔人之利。1211年，成吉思汗发动了灭亡金朝的战争。蒙古军一路挥师南

《拜月亭记之风雨间关》版画

下，占领了金朝黄河以北的广大地区。此后两年，蒙古军多次进军金朝并重创金军，攻下河北、山东等地。1214 年 3 月，蒙古军队包围了金朝首都中都（中都即今天的北京）。5 月，惊惶无主的金朝皇帝放弃中都，迁徙汴京。这也是剧中故事发生的时代背景。

对于迁都一事，剧中写金主听信奸臣聂贾列谗言佞语，杀害忠良之臣陀满海牙。大敌当前，聂贾列贪生怕死，极力主张迁都："蠢尔番兵须臾至，力寡难当御，朝臣众议之。你不见昔日呵，太王居邠，狄人侵地。事之以皮币不得免，事之以犬马不得免，事之以珠玉不得免。他也无计可施为，只得迁都去。"陀满海牙责问他："怎忍见夫挈其妻，兄携其弟，母抱其儿；城市中喧喧攘攘，村野间哭哭啼啼！可惜车驾奔驰，生民涂炭，宗庙丘墟。"聂贾列以"闭口深藏舌，安

《拜月亭记之子母途穷》版画

身处处牢”规劝陀满海牙不要阻止迁都。遭到拒绝后，他竟然无耻地说：“你许多年纪了，还要管这等闲事怎么？”后来，他又诬陷陀满海牙故意阻驾，陀满兴福造意出军，父子将谋不轨。陀满海牙因此惨遭杀害，其子陀满兴福则被人追杀，仓皇中逃生。金代朝廷奸佞横行、忠良遭害、不辨黑白的黑暗现实由此可见一斑。

金朝的灭亡除了金主无能而错信谗佞之外，还与其军队日趋腐败有关。军队主帅将领利用权势贪图财物、劫掠土地，“内外偷安，恶闻敌患”。1206 年，金朝扩军，从民间征兵三十多万，人民怨声载道，内部矛盾激化。另一方面，成吉思汗统一蒙古诸部族之后，加强对各个部族军队的训练，规定凡是十五岁至七十岁的男子都列为军

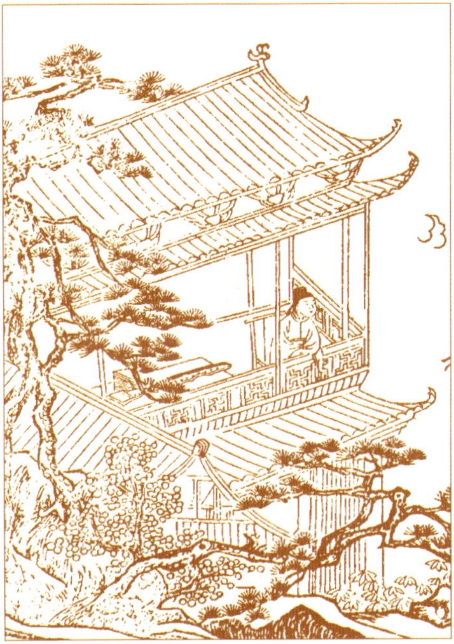

《拜月亭记之请偕伉俪》版画

籍，“上马则备战斗，下马则屯聚牧养”。在成吉思汗的带领下，蒙古军军纪严明，士兵作战能力大大增强，并时时侵扰金朝境内。正如剧中所唱：“胡儿胡女，惯能骑战马。因贪财宝到中华，闲戏耍；被他拿住，铁里温都哈喇。”

金亡以后，蒙古族入主中原，建立元朝。在这场金亡元兴的历史动乱中，广大人民流离失所、妻离子散、饱受苦辛。剧中《沁园春》曰：“蒋氏世隆，中都贡士，妹子瑞莲。遇兴福逃生，结为兄弟。瑞兰王女，失母为随迁。荒村寻妹，频呼小字，音韵相同事偶然。应声处，佳人才子，旅馆就良缘。岳翁瞥见生嗔怒，拆散鸳鸯最可怜。叹幽闺寂寞，亭前拜月；几多心事，分付与婵娟。兄中文科，弟登武举，恩赐尚书赘状元。当此际，夫妻重会，百岁永团圆。”

《拜月亭记》除了以爱情为线索写金代国破家亡时广阔的社会生活外，还暗寓对元朝社会的种种不满和对元主的期望。元代废除科举考试制度超过半个世纪。《元史·选举志》记：“当时仕进有多岐，铨衡无定制。”《元史·百官志》又记：“侥幸之门多，而方正之路塞，官冗于上，吏肆于下。”剧中写男主角蒋世隆父母双亡，与妹妹瑞莲相依为命。他一出场便感叹自己“十年映雪囊萤，苦学干禄，幸首获州庠乡举。继晷与焚膏，只勤习诗书，咳唾珠玑才灿锦，养浩然春闱必取。一跃过龙门，当此青云得路”，“胸中书，富五车；笔下句，高千古。镇朝经暮史，寐夜兴夙……待求官奈何服制拘？教人怨，怨不沾寸禄”。这番告白，是作者对元代废科举后，人才失去仕进之途的无奈。妹妹瑞莲安慰尚未获功名的哥哥，“乐道安贫巨儒，嗟怨是何如？但孜孜有志效鸿鹄，似藏珍韫椟，韬光隐锐，待价沽诸”，“功名事，本在天；何必恁，心过虑？且从他得失，任取荣枯。为人只恐身无艺，暂时间未从心所欲。金埋土，也须会离土。”然而，这不过是作者的劝慰之辞，其真正意旨却是兄妹唱词的最后一句——“望当今圣明天子诏贤书”。

这种对当朝圣主的美好期望还体现在剧末大团圆的情节设置上。后来，蒋世隆与陀满兴福分别中文武状元，尚书王镇蒙圣旨招赘文武状元为婿。陀满兴福与蒋世莲结为夫妻，王瑞兰与蒋世隆也终于夫妻团圆。纵观全剧，以爱情反映家国兴亡离乱的《拜月亭记》，“比之他记”可谓“全然别”。可惜，作者将实现美好爱情的希望寄托于当朝天子的美梦，终究要醒来，到头来仍不免“衰草荒坟”。

梁辰鱼与《浣纱记》

《浣纱记》是明代三大传奇之一，在我国戏曲史上具有重要地位。它的作者梁辰鱼（1519—1591 年），字伯龙，号少白、仇池外史，江苏昆山人。梁辰鱼是明代戏曲革新家魏良辅的学生。魏良辅在改革昆山腔之前，昆山腔仅在苏州一带流传，与四大声腔中的弋阳腔、余姚腔、海盐腔相差甚远。经魏良辅改革后，昆山腔成为四大声腔声势最大的一种，称霸中国剧坛三百多年。梁辰鱼最早将改良后的昆山腔应用于戏曲舞台，极大地促进了昆山腔的传播。《浣纱记》是第一部用昆山腔演出的戏曲作品。

西施像（清人绘）

《浣纱记》以春秋时代吴越两国之间的斗争为背景，写越国大臣范蠡与美女西施之间爱情的离合悲欢，将爱情寓于政治。故事以吴国灭亡越国开始为背景，写越王勾践得到大臣范蠡相助，励精图治，卧薪尝胆，最终灭吴报仇雪恨。剧中的范蠡为了越国，不惜将爱人西施献给吴王。越国复国之时，范蠡、西施二人舍弃功名，泛舟归隐。因范蠡与西施初见时，西施在若耶溪边浣纱，两人以细纱作为定情之物，故名《浣纱记》。

历史上，最早有关西施的记载见于《墨子·亲士》："西施之沉，其美也。"而最早传范蠡与西施故事的，则是汉代赵晔的《吴越春秋》和袁康的《越绝书》。两书都记载了越王利用吴王好色，将西施、郑旦进献之事。唐人《吴地记》还有"西施亡吴国后，复归范蠡，同泛五湖而去"这样的记载。在文学作品及民间传说方面，这一故事的资料就更多了，有宋代话本《吴越春秋连像平话》、大曲《西子词》，金院本《范蠡》，元杂剧《姑苏台范蠡进西施》、《灭吴王范蠡归湖》，宋元南戏《范蠡沉西施》等。

梁辰鱼将范蠡西施的故事重新演绎，赋予其新的内涵。不过，他并不是单纯为了写范蠡和西施的爱情，也无意于吴越斗争的是非曲直。他本人是吴人，而《浣纱记》写吴国终为越国所灭。曾有浙江友人对此表示疑问："君所编吴为越灭，得无自折便宜乎？"梁辰鱼答曰："苧萝之美，吴人试之；吴宫之秽，越人尝之，如此便宜固亦足矣。"这句话当然带有戏谑的成分，但从剧中的下场诗中或可窥见一二："尽道梁郎识见无，反编勾践破姑苏。大明今日归一统，安问当年越与吴。"

梁辰鱼生于官宦世家，梁家为昆山望族，其出生时，家境尚富裕。家人为他花钱买得太学生籍位，但他没有入学，且一生不仕。梁辰鱼身长八尺，生得虬髯虎颧，小时好谈兵习武。明代著名戏曲家张大复在《皇明昆山人物传》中说他"好任侠，喜音乐，多飞扬跋扈之气，不肯俛首就诸生试"，还说他建造豪华之宅，招来各方奇杰之士，且好游历，足迹遍及吴越、荆楚、齐鲁等地。明代文学流派"后七子"（也称嘉靖七子）中的李攀龙、王世贞，以及屠隆、张凤翼、徐渭等人

无锡蠡园

蠡湖为太湖中的内湖，也称为无锡的“西湖”。相传春秋时期的吴越，范蠡与西施双双泛舟于湖上；范蠡的《养鱼经》也著于此。所以明代将其称为“蠡湖”。

都与他相交。梁辰鱼爱好广泛，既精于音乐，常于家中与歌儿舞女度曲娱乐，又喜好书画，博览经史书籍。这一切都为他创作《浣纱记》奠定了良好的基础。

关于《浣纱记》的写作时间学界有不同说法。有人根据《梁辰鱼年谱》认为此剧在其二十五岁前后写成，也有人认为完成于万历元年、嘉靖末年等。总体来看，认为《浣纱记》创作于梁辰鱼中晚年的说法较为可信。

《浣纱记》第一出《家门》〔红林擒近〕曰：“佳客难重遇，胜游不再逢。夜月映台馆，春风叩帘栊。何暇谈名说利，漫自倚翠偎红。请看换羽移宫，兴废酒杯中。骥足悲伏枥，鸿翼困樊笼。试寻往古，伤心全寄词锋。问何人作此？平生慷慨，负薪吴市梁伯龙。”这一出场的交代，这种老骥伏枥的感叹，应当不是梁辰鱼年轻时所发。因为他少时既不肯俛首参加诸生考试，也不去当花钱买来的太学生。他的《咏怀八首》诗云：“少年负声誉，行行且游猎。走马章台下，意气何英发。”当时的他如此意气风发，又何来“骥足悲伏枥，鸿翼困樊笼”的感慨？而且年轻时，他的家境尚富裕，中年之后，家境才日渐衰落，经济拮据。嘉靖后期在他的诗文中才出现“予憔悴湘潭，棲迟吴市，浮踪久旷乎白下，薄倖宿檀乎楼头”、“独愧行吟乞吴市，音书莫惜道如何”这样的句子。

《西施浣纱》齐白石（近代）

此外，该剧还与魏良辅改良昆山腔的时间有关。梁辰鱼是魏良辅的学生，魏良辅潜心研究改良昆山腔的时候，他也参与其中。昆山腔在改良之前只能清唱，改良后则更适合于舞台演唱，所以很快就得到广泛传播。张大复的《梅花草堂笔谈》记载了魏良辅改良昆山腔的过程，还说梁辰鱼得知老师的方法之后，“起而效之，考订元剧，自翻新调，作《江东白苎》、《浣纱》诸曲”。也就是说，梁辰鱼是在学习了魏良辅改良后的昆山腔，才将其用于《浣纱记》。

那么，年轻时慷慨任侠的梁辰鱼，为什么在中晚年创作了《浣纱记》这样感慨兴亡的作品？除了上文《家门》中所述和那首下场诗的隐约所指，还有其他现实原因。梁辰鱼一生慷慨任气、才艺出众，到了晚年“艺益高，名益起，而穷日益甚”，因而借戏剧来感慨生平，抒发心中抑郁不平之气亦可理解。他虽然一生不曾为官，也拒绝了诸生考试，却有强烈的政治抱负。据《明史》载，明代虽然一统天下，但北方外族常常入侵骚扰。特别是梁辰鱼生活的嘉靖中后期，其家乡昆山、太仓一带倭患严重。中年之后，梁家日渐衰落。昆山地区屡遭倭寇入侵洗劫，作为昆山望族，梁家大概也不能幸免。他在《江东白苎》中曾抒发自己抗御外族的豪情壮志：“余也智乏孙、吴，才惭

《浣纱记》版画

昆剧《浣纱记·寄子》剧照（图片提供：FOTOE）

颇、牧。然逸气每凌乎六郡，而侠声常播于五陵。鲁连子之羽，可以一飞；陈相国之奇，或能六出。假以樊侯十万之师，佐以李卿五千之众，则横行鸡塞，当双饮左右贤王之头；而直上狼居，必两击南北单于之颈。"

如果功名之心及晚年的感慨是《浣纱记》创作的间接动机，那么梁辰鱼的历史观则是剧情安排的主导因素。他一生对经史之书怀有浓厚的兴趣。他在《鹿城诗集》卷六《远游》开篇就说"结发慕远游，精心在经史。上下几千年，欲究治乱旨"。梁辰鱼一生多次游历山水，足迹踏遍大江南北，然而这一切都与"经史"相关。历史的变迁与兴亡才是他的兴趣所在，"治乱旨"是他的目标。他有高度的政治敏感和良好的历史意识，诗文中常有对时政的议论。《浣纱记》借吴越之事，写兴亡之感，其实也是借古喻今。范蠡、西施在国破家亡面前，将国家兴亡置于男女情爱之上，这种立意与胆识，远远超过了史上有情人终成眷属的团圆结局。而两人最后选择归隐，也是剧作家历史观的体现。恰如剧中《泛湖》的唱词：“〔北收江南〕呀！看满目兴亡真惨凄，笑吴是何人越是谁？〔北清江引〕人生聚散皆如此，莫论兴和废。富贵似浮云，世事如儿戏。”人生聚散，富贵如云，历史兴废，这大概也是梁辰鱼“欲究治乱旨”得出的答案。

《浣纱记》被搬上舞台之后，出现“梨园子弟争歌之”的热潮，甚至有“歌儿舞女，不见伯龙，自以为不祥也”之说。梁辰鱼卓越的音乐才华得到施展，《浣纱记》音律之精巧严谨，所用昆山腔之优美婉转，均为人叹服。乃至清代学者朱彝尊说：“传奇家别本，弋阳子弟可以改调歌之，惟《浣纱记》不能。”但梁辰鱼过于追求词曲之华丽，也带来了负面的影响，明末凌濛初的《谭曲杂札》中记：“自梁伯龙出，而始为工丽之滥觞，一时词名赫然。”

洪昇与《长生殿》

洪昇（1645—1704 年），是清初著名的戏曲家，钱塘人。他与孔尚任是清初剧坛闪亮的双子星。洪昇因《长生殿》被誉为“曲中巨擘”，孔尚任以《桃花扇》流芳后世。两剧都三易其稿，历时十余年，二人又皆因戏招祸，可谓“同是天涯沦落人”。

《长生殿》搬演唐明皇与杨贵妃的爱情故事。李、杨爱情一直是文人创作的热门话题。唐代，杜甫的《哀江头》、白居易的《长恨歌》等都是以此为题材。《长生殿》一剧虽出较晚，却在前人的成就中脱颖而出。清初，它与《桃花扇》相互辉映，乃至有“纵使元人多院本，勾栏争唱孔洪词”之说。还有人说它是一部热闹的《牡丹亭》。洪昇在《长生殿•例言》中说：“予自惟文采不逮临川，而恪守韵调，罔敢稍有逾越。盖姑苏徐灵昭氏为今之周郎，尝论撰‘九宫新谱’，予与之审音协律，无一字不慎也。”语气虽自负，但也可见其用心之良苦。《长生殿》倾注了洪昇一生的心血，“经十余年，三易稿而始成”，“可谓乐此不疲矣”。他的苦心也得到了回报：“一时朱门绮席，酒社歌楼，非此曲不奏，缠头为之增价”，“蓄家乐者，攒笔竞写，转相教习”。

然而，“成也萧何，败也萧何”。《长生殿》红极一时，却断送了作者的美好前途。1689年八月，洪昇招伶人在家中演《长生殿》，还邀请了多方友人宴饮观演。那时孝懿皇后国丧未完，洪昇此举被视为“大不敬”，案狱从天而降。洪昇被革去国子监生资格，好友赵执信、朱典、翁世庸等被革职，观演者中有五十多人受牵连。正是“可怜一出长生殿，断送功名到白头”。

杨玉环像（清人绘）

“《长生殿》案”是当时剧坛的一件大事。然而，祸出有因。因戏罹祸的背后，是洪昇一生的浮沉漂泊与命运遭际。洪昇出生之时乃是明清换代之际，母亲在战乱中生下他，为其取名昇，字昉思。昇，有日上之意；昉，始也。洪家是宋、元、明时期的名门望族，家世显赫。洪昇的祖上洪皓、洪钟、洪楩等人都是宋、明两代的名士重臣，洪家又素有藏书传统，有“书海”之称。至祖父、父亲一辈，家世虽衰落，但书香传统犹有余韵。洪昇生于此门，家学渊源，从小受熏陶。

洪昇十岁师从著名文人陆繁弨。陆繁弨是明末遗民，其父因抗清殉节。他本人精于音韵，又擅骈文。《长生殿》音律为人称道，就是因为洪昇在陆繁弨那里打下了坚实的基础。既有家学传统，又得江南环境滋养，洪昇十五岁“以诗闻名钱塘”，还得到“浙中三毛，东南文豪”之一的毛先舒的悉心教导。他赠洪昇的词曰：“君子慎微细，虚薄是浮名。子家素号学海，书籍拥专城。不在风云月

《华清出浴图》康涛（清）

此图以杨贵妃出浴为题。华清即华清池，位于西安市临潼区骊山北麓，南依骊山，北临渭水，是以温泉汤池著称。周、秦、汉、隋、唐等历代统治者都将此地作为游宴享乐的行宫别苑。唐明皇和杨贵妃缠绵悱恻的爱情故事就在此地上演。

露，耽搁花笺彩笔，且向《十三经》。屋漏本幽暗，笃敬乃生明。百年事，千古业，几宵灯。莫愁风迅雨疾，鸡唱是前程。心欲小之又小，气欲敛之又敛，到候薄青冥。勿谓常谈耳，斯语可箴铭。”毛先舒也是明末遗民，通过他的引见，洪昇结识了很多明末文士，如著名的“西泠十子”等。他们当中很多人都坚守节操、拒不仕清。洪昇与之交往也受其感染和影响，为《长生殿》的创作奠定了思想基础。

洪昇虽有才气，却一生为布衣。1668 年，洪昇因祖上功德被授予国子监生资格。从国子监肄业后，他在京城逗留了三四个月，怀才未遇，无奈之下只好回到故乡，与友人酬唱交游。1671 年，洪昇遭遇“天伦之变”，被迫“与父母别居”。家变的具体原因无法确知，只说“遭家难，流寓困穷，备极坎壈”。洪昇“无罪见斥”，不得不与妻子离开父母，过着“负郭田畴无二顷，贫居妻子实三迁”的生活。他没有官职，仅靠填词写作度日，常常需要靠朋友资助救济。这种游移不定的生活，充满了悲苦无奈：“饥来驱出门”，“一年行四役，栖栖何太劳”。他经过当涂时，感于李白在此地因酒醉欲捞水中月，不慎落水身亡的传说，又念及自己寥落不遇的身世，萌发了创作《沉香亭》即《长生殿》初稿的念头。

1674 年，洪昇再次回到国子监。这一次，他得到了国子监老师李天馥的赏识。李天馥欣赏洪昇的诗才，将他请到家中，盛情招待，并把他推荐给京城的名士。李天馥的知遇之恩，使洪昇从失意漂泊中走出，声名渐显。他在《啸月楼集》诗中云：“恩遇日以深”，“漂蓬忘流寓”。可惜，洪昇并未能从此走上坦途。狂放不羁的个性，使他在众多名士面前常有惊人之举：酒酣耳热时，他仰天长啸，引得“四座惊怪”；“卑己延三益，狂言骂五侯”；“常不满人，亦不满于人”；“交友宴集，每白眼踞坐，指古摘今，无

北京国子监琉璃牌楼

不心折”。他的这些狂妄之举，既不能见容于世人，更不适于官场。李天馥深知他内心的苦闷，并没有加以责备，反而多次为他开脱。

1675年夏秋之际，洪昇回到杭州，将三十多年来的诗作结集，以其疏狂个性，名曰《啸月楼集》。回京后，洪昇把诗集送给李天馥。李天馥读后甚为惊喜，将他引荐给著名诗人、学者王士禛。王士禛将洪昇收为弟子，还让他加入宣南文人圈子。通过王士禛和李天馥，洪昇结识了南党的代表人物徐乾学和高士奇。不过这两人在朝廷中结党营私，南北两党斗争不断，后来洪昇也被卷入其中。后人指出，《长生殿》遭罪获狱，与此不无关系。

期间，洪昇经历了父亲获罪和大女儿夭折的打击，悲恸不已，产生归隐之心。1677年，他回到德清武康幽居，闲暇时修改《沉香亭》。多年的漂泊与波折，使他《沉香亭》的创作动机发生变化，

“去李白，入李泌辅肃宗中兴”，突出李、杨爱情，并改名为《舞霓裳》。这一次修改，大概用了一年时间。《舞霓裳》改好后，在戏班优伶中演出了将近十年，一直到《长生殿》脱稿。

1678年，朝廷征诏博学鸿儒。洪昇全家北上，可惜没有被征，生活重归于贫。1680年，好友吴仪一来京，住在洪昇家，当时洪昇正在修改《舞霓裳》。两人谈及汤显祖的《牡丹亭》，都十分欣赏此剧超越生死的至情之境。而《长生殿》极力写李、杨之情，就与汤显祖对情的推崇相近。洪昇写杨贵妃因爱生妒亦十分成功，其中或许有其妻子的身影。洪昇与妻子黄蕙青梅竹马，两人结婚时，友人羡慕其美好姻缘，为其作《同生曲》。1683年，洪昇游苏州，江宁巡抚余国柱送他一千两白银。酒宴上，他遇见擅唱昆腔的小伶邓雪儿，于是用这笔钱将她纳为妾。1685年，洪昇写成传奇《织锦记》，写的是秦州刺史妻子苏蕙因嫉妒丈夫取妾而被弃的故事。《织锦记》是否暗含黄蕙的影子不得而知，但洪昇与妻妾之间的关系是融洽的。黄蕙精于音律，蒋景祁《出都留别七章·洪布衣昉思》载：“丈夫工顾曲，霓裳按图新。大妇和冰弦，小妇调朱唇。”

从再次返京到演《长生殿》惹祸离京，洪昇一直过着“辛苦踏京尘”的生活。他在《长生殿》中借李龟年之口抒发这种悲凉：“受奔波风

《太白醉酒图》苏六朋（清）

尘颜面黑，叹衰残霜雪鬓须白。今日个流落天涯，只留得琵琶在。揣羞脸上长街，又过短街。那里是高渐离击筑悲歌，倒做了伍子胥吹箫也那乞丐。”

1688 年，修改近十年的《长生殿》问世。从《沉香亭》对个人得失的感慨，到《长生殿》饱含大半生见闻经历、人生体悟及家国兴亡的感慨，洪昇已实现了对自己和前人的超越。他将李、杨爱情净化后，特别注重真情，如第一出所写：“古今情场，问谁个真心到底？但果有精诚不散，终成连理。万里何愁南共北？两心那论生和死？笑人间儿女怅缘悭，无情耳。感金石，回天地。昭白日，垂青史。看臣忠子孝，总由情至。先圣不曾删郑、卫，吾侪取义翻宫、徵。借太真外传谱新词，情而已。”他一生漂泊不定，怀才不

青花唐明皇与杨贵妃故事图盘（清）

昆剧《长生殿》剧照（图片提供：微图）

遇，狂放不羁，又几经波折，却独将“情”视为至高，让人唏嘘。

《长生殿》初成时，明末清初的戏曲家尤侗在《长生殿·序》中载：“一时梨园子弟，传相搬演。关目既巧，装饰复新，观者堵墙，莫不俯仰称善。”洪昇自序称《长生殿》寓意“乐极哀来，垂戒来世”，正说中了此剧的命运。1689年中秋之际，洪昇在家中邀请好友观演《长生殿》，不料招来“演《长生殿》之祸”。后人关于“《长生殿》案”有三种说法：一是黄六鸿借机报复赵执信；二是《长生殿》写“安史之乱”亡国题材，触怒康熙皇帝；三是清初南北两党斗争。第一种说法流传最广。黄六鸿弹劾赵执信确有其事。案件一审时，洪昇不知道黄六鸿弹劾名单没有查慎行与陈弈培二人，如实将其供出。朋友们认为洪昇为自保出卖友人，对其多有非议。洪昇知道真相后十分内疚。绝望之下，他拜访了盘山青沟禅院的智朴大师。在盘山期间，他写下了30多首诗，情调低沉郁闷：

“苦为尘情累，蹉跎逾半生。譬如蛛作网，吐丝自缠萦。家食不自给，误入长安城。”

其实，《长生殿》之祸有多方面的原因。首先，它的主题触及兴亡，不能不让清廷忌讳；其次，洪昇与南北两党相交，一不小心成为他们斗争的牺牲品也在所难免。但最重要的是，洪昇性格中有狂傲而不懂自制的一面，不够谨小慎微，在佟皇后国丧期间演出该剧，给心怀不轨的人以可乘之机。

被革除监生资格后，洪昇还在京师逗留了两年。后来在友人劝告下，他才回到故乡。1704 年，洪昇受江南织造曹寅邀请，观看《长生殿》。返回途中经过乌镇，洪昇酒后登船，不慎落水身亡。这与李白在当涂的故事惊人相似。洪昇的一生，都与《长生殿》连在一起，竟至死也不能避免。那天正好是六月初一，《长生殿》刊印成功的日子，离洪昇六十岁生日还有一个月。

孔尚任与《桃花扇》

孔尚任（1648—1718 年），字聘之，又字季重，号东塘，自称云亭山人，山东曲阜人。清初剧坛，孔尚任与洪昇合称“南洪北孔”。与其他戏剧家不同的是，孔尚任有一个特殊的身世，他是儒家创始人孔子的第六十四代孙。这一“圣人之后”的身份，给他的生活及命运带来了重要影响。康熙三十八年（1699 年），孔尚任的传奇《桃花扇》三易其稿后写成。这一剧本的创作及影响，与他一生的仕与隐休戚相关。

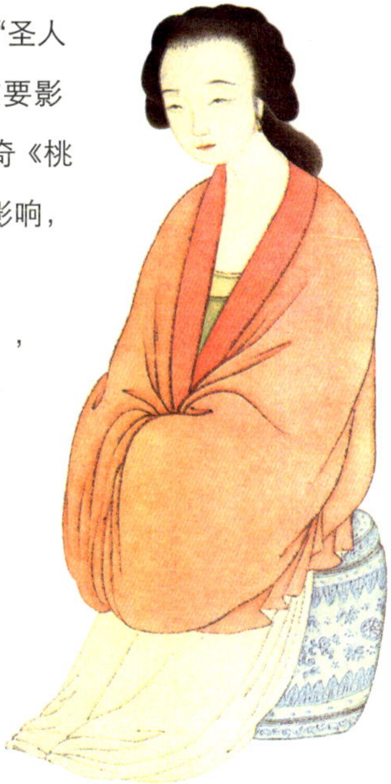

李香君像

《桃花扇》“借离合之情，写兴亡之感”，以清流文人侯方域与秦淮名妓李香君的爱情离合为线索，演绎南明王朝的兴亡历史。此剧以高度的历史真实，加以传奇艺术虚构的点染，刻画出一批形象鲜明的历史人物。《桃花扇·凡例》写道：“朝政得失，文人聚散，皆确考时地，全无假借。至于儿女钟情，宾客解嘲，虽稍有点染，亦非乌有子虚之比。”

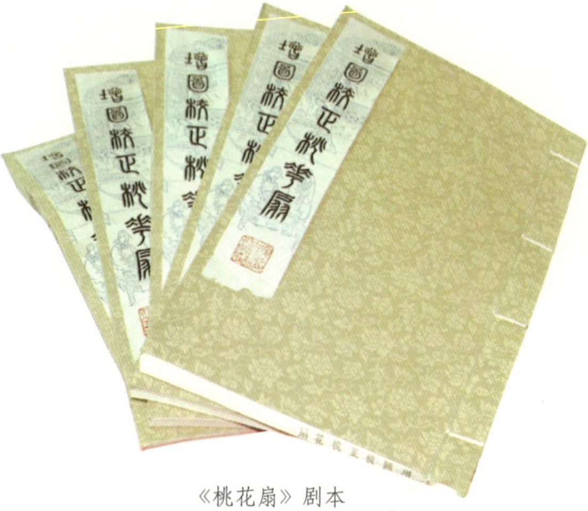

《桃花扇》剧本

《桃花扇》的写作意图大概是复杂的。所谓“借离合之情，写兴亡之感”，应该只是其中之一。孔尚任生于明亡清兴之际，他的“兴亡之感”并不是亲身经历，只能是听前人述说或是从史书上得知。据说，他的舅翁秦光仪对弘光遗事非常熟悉，常常给他讲述南明王朝遗事。他自己也从无名氏的《樵史》、侯朝宗的《壮悔堂集》、贾静子的《侯公子传》、阮大铖的《石巢传奇》等“诸家稗记”中取证，“无弗同者，盖实录也”。“独香姬面血溅扇，杨龙友以画笔点之，此则龙友小史言于方训公者”，“《桃花扇》一剧感此而作也”。

作为孔子的嫡系子孙，孔尚任内心还是向往“学而优则仕”的。孔尚任是家中第三子，其父孔贞璠给他起名就颇有期许。《论语》曰：“士不可以不弘毅，任重而道远。仁以为己任，不亦重乎？”韩愈说：“知高坚之可尚，忘钻仰之为劳，任重道远，竟莫之致。”所以，父亲为其名曰尚任，字季重。倪匡世的《诗最·序》中记孔尚任“幼颖慧，五六龄试以联对，辄应声得，远近惊为神童云”。但被视为神童的孔尚任，长大后却没有平步青云。二十二岁那年，孔尚任和

山东曲阜孔庙大成殿

其他秀才一起拜访了“燕台七子”之一的丁澎。此人是顺治年间的进士，担任过不同官职，很有诗名。孔尚任三十岁时，父亲孔贞璠已去世。自从父亲去世后，家道衰落，连年歉收，生活拮据。此时，孔尚任虽已与秦氏结婚，却未得功名，颇有“而立未立”之感。

康熙十七年（1678 年）八月，三十一岁的孔尚任赴济南参加乡试未中。带着落榜的失意，他匆匆离开济南回到家乡。期间，他闭门谢客，内心充满矛盾。作为一名读书人，他仍然想继续刻苦研读，希望有朝一日金榜题名。可是时势却动荡不安，为了明哲保身，还不如隐居山林。清朝建立之初，满族统治者对汉族进行残酷镇压和掠夺。明崇祯十二年（1639 年）和十五年（1642 年），清兵两次入侵山东，烧杀劫掠，处处家破人亡。孔尚任的世交好友颜光敏一家就有数人遭殃。对此，孔尚任必有所见闻，从而引起深切的同情与感触。清兵入关后，全国反清斗争此起彼伏，农民起义绵延不断，各地明代的遗老遗少、文人社团纷纷涌现。这些都与《桃花扇》中的情节及背景极为接近。

隐居之事，在孔尚任的父辈中已有传统。其祖父孔闻讷长年隐居读书，被人们称作“江东方董”；其父亲孔贞璠是明代的举人，明亡后就隐居不仕，曾参加过抗清活动；族兄孔尚则，明崇祯时曾担任洛阳知县，对福王朱由崧的穷奢极欲非常不满，入清后隐居老家，时常与明朝遗老贾凫西、刘显思等人相聚，“把酒且狂歌”，抒发兴亡之痛。

孔尚任选择隐居，还有另一个原因，与舅翁秦光仪有关。秦光仪经常向他讲述弘光遗事，孔尚任总是深受感动。他想将这些故事写成一部传奇，传之后世，也是一种文才的见证，还可以抚慰乡试落榜的创伤。倘能隐居深山，就可以为写作提供良好的环境，因此隐居在此时就成为一个绝佳的选择。正好这一年九月，孔尚任与两个族弟游览了石门山。石门山风景怡人，峰青石翠，非常适宜隐居生活，孔子晚年就曾在此研读《易经》。孔尚任不禁大喜，连作《游石门山记》、《樵约》、《告山灵文》等散文，描述游览见闻，表达隐居之心。

孔子雕像

孔尚任的隐居，并非内心真正所求，或许还暗含渴望通过终南捷径获得贤豪关注或功名的期待。汪蔚林的《孔尚任诗文集》记载，孔尚任游览石门山时，曾担心在此隐居“地僻，贤豪不至，则赏识难”。他在《告山灵文》曰：“倘不为

吴昌硕桃花、陆廉夫设色山水成扇（清）

山灵所薄，相我以底于成，奋其神勇，时时失去猛毒暴厉之物，俾居者安善其体，明哲其心，既不贻讥北山……”北山的典故源自南朝宋齐人孔稚珪写的《北山移文》，讥笑隐士周颙并非真隐士，因为归隐没多久就出山为官了。孔尚任写此文，是想表明自己不学周颙为荣利而假隐居。不过，以其日后的行迹考察，此文恰好说明了他隐居与出仕言行不一的矛盾。

大概在游石门山后不久，孔尚任就隐居山中。第二年（1679 年），清朝廷举行科举考试，还规定允许捐纳官职。1681 年，孔尚任典卖田地，捐纳国子监一职。他写信给颜光敏，袒露了自己内心的矛盾与痛苦：“弟近况支离可笑，尽典负郭田，纳一国子监生。倒行逆施，不足为外人道，然亦无可告语者。”作为明末遗民的后人，他参加清廷的科举考试，已是丧失民族气节的表现，又捐国子监，内心更加纠结痛苦。

康熙二十三年（1684 年），康熙皇帝第一次南巡，经过曲阜拜祭孔子。当时的衍圣公孔毓圻将孔尚任推荐给康熙皇帝，让他为康熙讲解《易经》等儒家经典。孔尚任的被举荐，一方面因为他是孔子的六十四代孙，另一方面也是对他能力的肯定。康熙来曲阜之前，孔尚任已出山为衍圣公孔毓圻的夫人治丧，并修撰了《孔子家世谱》、《阙里志》等书，还负责训练礼乐舞生，深得赏识。因此，当康熙皇帝驾临曲阜时，衍圣公便将孔尚任推到了清朝天子面前，让他为康熙讲经。这是孔尚任一生中难得的机会，比之乡试的失败，这一次他成功了。不久，他就被破格提拔为国子监博士，还将为康熙讲经的经历写成了《出山异数记》。

这时，孔尚任站在了人生的十字路口。一方面，《桃花扇》已经写成初稿，尽管“仅画其轮廓，实未饰其藻采也”，但也忍不住向好友夸耀“吾有《桃花扇》传奇，尚秘之枕中”。另一方面，“学而优则仕”一直是他追求的理想，而且乡试不中的伤痛尚未痊愈。是继续隐居，将《桃花扇》“饰其藻采”，以使其传之后世？还是放弃隐居，选择令人艳羡的国子监博士？孔尚任似乎两者都不想放弃，他把《桃花扇》带进了京城。

最初，《桃花扇》在京城并没有引起多大的关注。《桃花扇·小引》说：“今携游长安，借读者虽多，竟无一句一字着眼看毕之人，每抚胸浩叹，几欲付之一火。”如果他真的将剧作付之一炬，也许后人就看不到后来的《桃花扇》了。所幸，他想到蔡邕识焦桐的故事，安慰自己耐心等待伯乐的出现。

康熙二十五年（1686年），孔尚任在国子监任职一年多。康熙南巡时，目睹黄河、淮河水灾泛滥，于是派人整治河道。但是，被派去的官员意见不一，各执己见。康熙决定再派工部侍郎孙在丰疏浚下河海口，并任命孔尚任为其手下。这一次任命对孔尚任来说，又是一个命运的转折。此前，《桃花扇》的创作大都是依据前人讲述和诗文

江苏南京秦淮河南岸的媚香楼

的记录，他缺乏亲历体会。这次南下治河，所到的扬州、南京一带，恰好是南明王朝的遗迹，有很多遗老隐居其中。因此，当他从京城出发时，又把《桃花扇》带在了身边。

治河期间，孔尚任利用工作闲暇，到处游览名胜古迹，写了很多游记诗文。扬州古城有很多山水遗迹。他多次去梅花岭，凭吊民族英雄史可法的衣冠冢。面对古冢，他追怀亡国往事，感慨“梅枯岭亦倾，人来立脚叹。岭下水滔滔，将军衣冠烂”。他还想拜访隐居的明末遗老，以收集更多南明王朝的故事。一开始，他的计划实现得并不顺利。那些隐居避世的遗老遗少都对他避而远之，这是因为他与清廷的关系，而且他还写过《出山异数记》这种对清廷感恩戴德的文章。第一个接待他的是黄云（黄仙裳），此人还为孔尚任引见其他隐士，如许承钦（许漱雪）、李清（李映碧）等。除此之外，孔尚任还拜访

李香君与侯方域当年的新婚洞房

了著名画家、诗人龚贤（龚半千），还有遗老张薇（后来被写进《桃花扇》的张瑶星道士）等人。

渐渐地，他结识的遗老与隐士越来越多，并常常聚在一起，畅谈赋诗。他们谈论的内容，正是兴亡之事。孔尚任的《湖海集》诗云：“开瓮墙头约，天涯似耦耕。柴桑闲友伴，花草老心情。所话朝皆换，其时我未生。追陪炎暑夜，一半冷浮名。”令人感动的是，七十多岁的文学家冒辟疆得知孔尚任在修改《桃花扇》，竟从三百多里外赶来。两人一起同住了三十天，“高宴清谈，连夕达曙”。冒辟疆与侯方域、陈贞慧、方以智合称“四才子”，对侯方域和李香君的故事非常熟悉。他向孔尚任讲述了很多《桃花扇》中人物的真实事迹。孔尚任后来写给他的信中，流露出无尽感激之情。

孔尚任从南方回到京城以后，二次修改后的《桃花扇》已增色不

昆剧《桃花扇》剧照（图片提供：FOTOE）

少。“又十余年，兴已阑矣。少司农田纶霞先生来京，每见必握手索览。予不得已，乃挑灯填词，以塞其求。”也就是说，在二稿之后，孔尚任还第三次修改《桃花扇》，最后“凡三易其稿而书成”时已是康熙三十八年（1699年）六月。当时，京城王公贵族争相传抄，一时洛阳纸贵。

《桃花扇》的轰动，给孔尚任带来荣耀的同时，还有被罢官的灾难。一部写南明遗事的传奇，在清初文字狱满天下的时代，难免招致祸患，这一点孔尚任不会不知道。他尽量选择“小道”的传奇，尽量避免正面描写清兵的词句与场景，用侯方域与李香君的爱情将兴亡之叹淡化，并连续用六篇序言来交代或掩饰创作经过及意图。

他三易其稿仍“只怕世事含糊八九件，人情遮盖两三分”，最后依然难免“内侍索《桃花扇》本甚急”的局面。康熙当然没有在看完《桃花扇》剧本后，就立即惩处孔尚任。毕竟，孔尚任是孔子的第六十四代孙。这一特殊的身份，曾使他一朝登上国子监博士的宝座。如今，大概也无意中让他避免了被杀头或株连九族的命运。康熙三十九年（1700年）三月，刚上演两个月的《桃花扇》在剧坛独占鳌头。三月上旬，孔尚任晋升为广东司员外郎；三月下旬，就莫名其妙地接到被罢官的消息。

孔尚任自然知道是《桃花扇》闯了祸，但仍觉得冤屈。他在《放歌赠刘雨峰寅丈》中说：“命薄忽遭文章憎”，又在答田舜年的诗中说：“《离骚》惹泪余身世。”他对清廷仍抱有期待，因此罢官后延留京城两年。直到康熙四十一年（1702年）暮冬，他才恋恋不舍地离开好友，回到家乡曲阜。

民生篇

人类进入阶级社会，就有了等级贵贱之分。「朱门酒肉臭，路有冻死骨」，统治者骄奢淫逸，广大人民却饥寒交迫、流离失所。《诗经》中著名的《七月》写出了农夫一年四季艰苦劳作，却无衣无褐、挨饿受冻的悲惨生活。不同的时代，人民遭受的苦难与不幸各不相同。沉重的赋税、长年的征战徭役、艰难困苦的生活、男女之间的不平等、社会的黑暗腐败……这些都一一在戏剧中体现出来。

优人与《踏谣娘》

《踏谣娘》是南北朝的乐舞节目，也是我国早期戏曲的代表剧目。它出现于北齐，盛行于隋唐，演一女子受丈夫殴打的情状，较早反映了古代妇女的家庭生活及夫妻矛盾问题。早期戏曲形式中，歌舞戏是一种重要的形式。《踏谣娘》作为唐代歌舞戏的代表，在我国戏曲发展史上意义重大。

现存最早记载《踏谣娘》故事的，是唐代崔令钦的《教坊记》：北齐有一个姓苏的人自号为郎中，貌丑且不仕，“嗜饮酗酒，每醉辄殴其妻。妻衔悲，诉于邻里。时人弄之。丈夫著妇人衣，徐步入场。行歌，每一叠，旁人齐声和之云：‘踏谣，和来！踏谣娘苦，和来！’以其且步且行歌，故谓之踏谣；以其称冤，故言苦。及其夫至，则作殴斗之状，以为笑乐。今则妇人为之，随不呼郎中，但云‘阿叔子’。调弄又加典库，全失旧旨。或呼为‘谈容娘’，又非。”这一段文字，前面是讲述北齐苏郎中酒后殴妻，其妻向邻里诉说。当时人们为了戏弄取笑他，由男子穿上女人的衣服扮演其妻。表演者一边走一边唱，扮演其妻之苦，旁边的人齐声应和。等到扮演丈夫的演员出现，夫妻二人扮演殴斗情状，以此调笑取乐。“今则”以下，是崔令钦的评论，此时故事已发生变化，即不再由男子扮演妇人，她的丈夫也不叫郎中，而称“阿叔子”。另外，演员还增加了一个调笑戏弄的人，由两个变成三个。因此，崔令钦认为该戏原来的意旨全失。

《旧唐书·音乐志》也记：“踏摇娘生于隋末。隋末河内有人貌恶而嗜酒，尝自号郎中，醉归必殴其妻。其妻美色善歌，为怨苦之辞。河朔演其曲而被之管弦，因写其夫妻之容。妻悲诉，每摇顿其身，故号《踏摇娘》。”

唐代彩绘踏谣娘泥俑

（图片提供：FOTOE）

两则记录，故事情节基本相似。此后，唐代杜佑的《通典》、韦绚的《刘宾客嘉话录》、段安节的《乐府杂录》，以及宋代的《太平御览》、《文献通考》等都有相关的记载。《踏谣娘》在民间演出的盛况，可从唐人常非月的诗《咏谈容娘》中窥见：“举手整花钿，翻身舞锦筵。马围行处匝，人簇看场圆。歌要齐声和，情教细语传。不知心大小，容得许多怜。”这说明当时民间已有露天歌舞表演，《踏谣娘》一剧在民间深受欢迎。

戏曲史专家董每戡先生在《说剧·说踏谣娘谈容娘》中认为，该剧目具备戏曲的要素：人物、故事冲突、语言、歌、舞（动作）、化妆、服装等七要素。因此，《踏谣娘》是中国戏曲形成的标志。它具备了中国戏曲的各要素，不仅因为“以歌舞演故事”，还因为涉及了很多戏曲的重要问题，如妇女地位、婚姻家庭题材、悲喜剧风格、讽刺性、演员等问题。

其实，《踏谣娘》还有一个有趣的问题，就是男扮女装。故事中

《侍从乐人像》（唐）

由“丈夫著妇人衣”而演其妻，可以说是男扮女装的实录。这一传统早在三国时就已出现。《三国志》中就记录了优人郭怀、袁信扮演“辽东妖妇”的故事。《南史·东昏侯纪》记：“是夜，帝在含德殿，吹笙，歌，作女儿子。”《隋书》也记载周宣帝让容貌俊美的少年男子穿着女性衣服表演歌舞，并与宫廷里的人一起观赏。隋炀帝时，男子穿着妇人衣服表演，一次就达到三万人。当时还有官员上书请求禁止男扮女装。到了唐代，这种现象似乎得到发展。段安节《乐府杂录》“俳优”条记载：“弄假妇人，大中以来有孙乾、刘璃瓶，近有郭外春、孙有熊。僖宗幸蜀时，戏中有刘真者，尤能，后乃随驾入京，籍于教坊。”《踏谣娘》就是“弄假妇人”的一个典型例子。史书上还记载，唐高宗的皇后曾请求禁止全国女性参加优戏表演。

宋、元、明、清几代，戏曲日益蓬勃发展，宋代戏班已有专门扮演女性的男演员，还出现女扮男装的女演员。清代则有清一色的女子戏班。京剧出现以后，著名的京剧四大名旦梅兰芳、尚小云、荀慧生、程砚秋都是男性。

为什么戏剧中会出现这种男扮女装的角色？这要从早期的演员说起。中国早期戏曲的萌芽是一些巫觋和能歌善舞的人，以歌舞来祭祀或驱逐鬼神，后来转

京剧大师梅兰芳扮演的杨贵妃剧照

变为宫廷皇室贵族宴飨酒席之间的娱乐。如《史记·滑稽列传》就有“优孟衣冠”的故事，这种以表演进行劝谏的优伶被认为是最早的演员。到了秦代，又出现了“优旃”。《史记·滑稽列传》云：“优旃者，秦倡侏儒也。”这说明先秦时就有身材矮小的侏儒演员。当时对演员的称呼有多种，如倡、俳、优、伶、侏儒、弄人等。许慎《说文解字》中，“优”的意思是“倡也”。而“倡”的意思则是“乐也”。可见，倡优或优伶都是善歌舞者，通过歌舞和戏弄调笑来娱乐皇宫贵族。如《踏谣娘》中夫妻殴斗之状，就是为了娱乐观众。

这种以表演来取乐人的卑微身份，使早期演员的地位一直处于社会底层。司马迁的《史记·滑稽列传》是第一部专门为优人立传的史书。此后的一千多年，都没有专门写优伶的书籍。一直到北宋，欧阳修才写了《五代史记·伶官传》。北宋末年有《南唐书·谈谐传》，元代有《辽史·伶官传》。刘勰认为司马迁虽为优人立传，但也是为了维护统治者的正统之道。即《文心雕龙·谐隐第十五》：“优旃之

京剧四大名旦

清末戏班演出（图片提供：FOTOE）

讽漆城，优孟之谏葬马，并谲辞饰说，抑止昏暴。是以子长编史，列传滑稽，以其辞虽倾回，意归义正也。”

唐玄宗时，有专门用于歌舞演出的教坊和梨园，并挑选三百宫女在梨园排练表演歌舞。一直到元代，戏剧演员的地位仍然不高。记录戏曲艺人的书籍及资料非常少，钟嗣成《录鬼簿》是第一部收录元代杂剧作家及演员事迹的专著。清代，由于康熙皇帝和慈禧太后等对戏曲的喜爱，一度出现四大徽班进京的繁盛景象，这大概算得上古代戏曲演员的黄金时代。及至当下，影视传媒的飞速发展，也催生了影视明星当道的热潮。比之早期的歌舞戏剧演员，他们的社会身份与地位已经发生了翻天覆地的变化。

关汉卿与《窦娥冤》

关汉卿是元杂剧的奠基人，元曲四大家之首。钟嗣成《录鬼簿》仅记：“关汉卿，大都人。太医院户。号已斋叟。”关汉卿一生创作了大量杂剧，共有六十余种，现存十八种，包括《关大王独赴单刀会》、《关张双赴西蜀梦》、《赵盼儿风月救风尘》、《杜蕊娘智赏金线池》、《感天动地窦娥冤》等。

《感天动地窦娥冤》简称《窦娥冤》，是一出社会公案剧。窦娥三岁丧母，七岁被父亲卖给蔡婆婆做童养媳，婚后两年便守寡。蔡婆婆外出讨债时，被赛卢医陷害，恰好被流氓张驴儿父子救出。张驴儿父子俩逼蔡婆婆及窦娥分别嫁给其父子，遭到窦娥强烈拒绝。蔡婆婆生病，张驴儿欲将其毒死，结果却毒死了自己的父亲。张驴儿诬蔑窦娥毒死他的父亲，两人对簿公堂。桃杌太守对窦娥严刑逼供，窦

关汉卿像

《窦娥冤》版画

娥抵死不认。太守欲对蔡婆婆行刑，窦娥因心疼婆婆，含冤认罪。死前，她发下三桩毒誓：血溅白练，六月飞雪，三年亢旱，皆应验。直到三年后，窦娥的父亲窦天章重审此案，窦娥的冤屈才得以昭雪。

窦娥的故事来源于民间传说“东海孝妇”。西汉刘向《说苑》记：“丞相西平侯于定国者，东海下邳人也。其父号曰于公……东海有孝妇，无子，少寡，养其姑甚谨。其姑欲嫁之，终不肯。其姑告邻之人曰：‘孝妇养我甚谨，我哀其无子守寡日久，我老，累丁壮奈何！’其后，母自经死，母女告吏曰：‘孝妇杀我母。’吏捕孝妇……太守竟杀孝妇，郡中枯旱三年。”这个故事在汉代班固的《汉书·于定国传》、晋人干宝的《搜神记》以及《太平御览》、《孝子传》等书中都有记载。

不过，更早的原型见于西汉刘安的《淮南子·览冥训》：“昔者师旷奏《白雪》之音，而神物为之下降，风雨暴至，平公癃病，晋国赤地；庶女叫天，雷电下击，（齐）景公台陨，支体伤折，海水大出。”汉许慎注曰：“庶贱之女，齐之寡妇，无子不嫁。事姑谨敬。姑无男有女，女利母财，令母嫁妇，妇终不肯。女杀母，以诬寡妇，妇不能自明，冤结叫天。”干宝《搜神记》增记：“孝妇名周青。青将死，车载十丈竹竿，以悬五旛。立誓于众曰：‘青若有罪，愿杀，血当顺下；青若枉死，血当逆流。’既行刑已，其血青黄，缘旛竹而上标，又缘旛而下云。”至元代，除《窦娥冤》外，王实甫、梁进之、王仲元三人都创作了同题作品《东海郡于公高门》。可见，这一故事影响深远。

关汉卿在民间传说的基础上，结合元代社会现实，写出了感天动地的《窦娥冤》。这既得益于元杂剧兴盛的社会氛围，也与其生活经历有关。关汉卿的籍贯，后世流传有多种说法。一说是大都人，《录鬼簿》和明代蒋一葵《尧山堂外纪》都持此说；元末熊梦祥说他是燕人，因大都在辽曾称“燕都”，金代改“中都”，但仍有人称“燕都”，故两说实指同一处。元人朱右说他为解州人，清代人较认同此说。明代修撰的《祁州志》则将关汉卿归为祁州伍仁村人。以上说法似乎相差较大，但有一点相同：解州在山西南部，祁州在河北中部，大都为今天的北京，三地均是当时元杂剧兴盛之地。因此，关汉卿一定生活在杂剧表演非常活跃的地方。

元代初年，蒙古族掌权，将汉人分为不同等级。当时还有“一官二吏三僧四道五医六工七猎八民九儒十丐”之说。科举被废，文人沦落社会底层，社会地位竟只比乞丐稍好一点。关汉卿长期混迹于社会底层，与平民、妓女、杂剧作家等相熟悉。他对下层社会极为关注，对妇女尤其是妓女深感同情。其现存十八种剧目中，有十二种以普通妇女或妓女为主角，包括《窦娥冤》、《救风尘》、《金线池》、《谢天香》、《望江亭》、《拜月亭》等。

关汉卿一生大部分时间都在从事与戏剧有关的活动。他不仅生活于杂剧兴盛之地，与杂剧艺术家们密切往来，还亲自登台演出。据载，杂剧作家杨显之、散曲家王和卿、演员珠帘秀等都是他的好朋友。他既关怀民生疾苦，又生性豪爽，倜傥不羁，揭露社会黑暗，为人民大声疾呼。元末熊梦祥《析津志•名宦传》说他“生而倜傥，博学能文，滑稽多智，蕴藉风流，为一时之冠”。贾仲明《凌波仙》更是将他评为“驱梨园领袖，总编修师首，捻杂剧班头”。

最能体现关汉卿潇洒不羁、慷慨激昂个性的，当是他的散曲〔南吕•一枝花〕《不伏老》：“我是个蒸不烂、煮不熟、捶不扁、炒不爆、响当当一粒铜豌豆……则除是阎王亲自唤，神鬼自来勾，三魂归地府，七魄丧冥幽；天哪，那其间才不向烟花路儿上走。”这一段自我描述，历来被当成其个性的写照。《元史•铁迈赤传》说“汉卿”意为“汉之卿士”，可理解为蒙古之逆臣。《元史•刑法》明确规定：“诸乱制词曲为讥议者，流”，“诸妄撰词曲诬人以犯上恶言者，处死”。然而，关汉卿未被这些严刑戒律吓退。他一生不畏权势，通过杂剧揭露丑恶，为人民呐喊申冤。这一点，《窦娥冤》可谓代表作。

有人说，《窦娥冤》像是元代社会的一面镜子。元统治时期，社会黑暗。官员贪赃枉法，商人放高利贷，穷人卖儿鬻女，流氓强抢民女等事时有发生。窦娥七岁被父亲因还不起二十两“羊羔儿利”，卖给蔡婆婆做童养媳。这种贫穷人家卖女做童养媳的事，《元典章》有载：“今十有八年，尚闻营利之徒，以人为货……据转送孩儿媳妇一

豫剧《窦娥冤》剧照（图片提供：微图）

节，即系以人为货事理”。《元史》也记：“诸童养未成婚男妇，转配其奴者，笞五十七，妇归宗，不追聘财产损失。”窦天章借蔡婆婆二十两银子，一年之后竟变成四十两，无钱抵债的他竟然卖女来获得上朝赴试的盘缠；赛卢医杀人逃债；张驴儿父子救了蔡婆婆之后，竟要将婆媳俩据为己有；太守判案“告状来的要金银”……这些残酷黑暗的现实，都被关汉卿写进剧中。

受刑一场，窦娥满腔怨气，无可申诉，只能指斥天地：“没来由犯王法，不提防遭刑宪，叫声屈动地惊天！顷刻间游魂先赴森罗殿，怎不将天地也生埋怨。有日月朝暮悬，有鬼神掌著（着）生死权。天地也，只合把清浊分辨，可怎生糊突了盗跖颜渊：为善的受贫穷更命短，造恶的享富贵又寿延。天地也，做得个怕硬欺软，却元（原）来也这般顺水推船。地也，你不分好歹何为地；天也，你错勘贤愚枉做天！哎，只落得两泪涟涟。”这感天动地的申诉，指向的正是元代的黑暗社会及其统治者。

《窦娥冤》被搬上舞台之后，常演不衰。窦娥冤屈之大，已成为后世“冤狱错案”的代名词。明代万历年间，叶宪祖曾将《窦娥冤》改编为三十三出的传奇《金锁记》。清代又有人将其改为京剧《六月雪》，并成为著名京剧大师程砚秋的代表剧目。《窦娥冤》还被众多地方剧团改编，搬上舞台。此外，《窦娥冤》还被传播到国外，译成多种语言。王国维将关汉卿推为“元人第一”，说《窦娥冤》“即列之于世界大悲剧中，亦无愧色也”。

1958 年，关汉卿被世界和平理事会列为“世界文化名人”。田汉为此创作了十二场话剧《关汉卿》，由人艺著名演员刁光覃扮演关汉卿。北京举行了关汉卿戏剧活动七百年纪念大会，陈毅元帅题词曰：“关汉卿接近下层人民，熟悉人民语言和民间艺术形式，也深知人民的疾苦和愿望，所以能成为元代杂剧的奠基人，使他在思想上，在艺术上能发出炫耀百代的光彩。”这也是七百年后，人们对关汉卿的评价。

南戏与《白兔记》

宋元南戏起源于东南沿海一带，最初出自民间艺人之手，所写题材大多贴近生活。现存的南戏曲目，写婚恋家庭题材的占大多数。在这类题材中，又有较多的涉及负心婚变、妇女生活等主题，如《张协状元》、《赵贞女蔡二郎》、《王魁》、《白兔记》等。这些都是当时著名的曲目，尤其是《白兔记》，以痛快淋漓的笔调写旧时代妇女的悲惨生活，令人印象深刻。

《白兔记》全称为《刘知远白兔记》（以下简称《白兔记》）。刘知远是五代后汉时代的开国皇帝。他由一个流浪汉变身为开国皇帝，这种传奇经历通常是百姓津津乐道的话题。历史上关于刘知远与其妻李三娘的故事，在史书上可以找到记载。宋代薛居正等人编撰的《旧五代史》卷一百四《后妃列传》记载："高祖皇后李氏，晋阳人也。高祖微时，曾牧马于晋阳别墅，因夜入其家，劫而取之。及高祖领藩镇，累封魏国夫人。"宋代另一部由欧阳修编著的《新五代史·汉家人传》第六亦有记录，但略有不同："高祖皇后李氏，晋阳人也。其父为农。高祖少为军卒，牧马晋阳，夜入其家劫取之。高祖已贵，封魏国夫人，生隐帝（承祐）。"由此可见，历史上的刘知远与李氏确实有婚姻关系。至于"劫取"之说，《白兔记》中则变成刘知远娶

《白兔记》版画

了李三娘后又入赘岳帅府。有人认为这是民间加工附会之说。但后人考证“入赘”一事并非完全虚构，而是有史实依据。《资治通鉴》记载：“知远微时，为晋阳太守，李氏赘婿，尝牧马犯僧田，僧执而笞之。知远至晋阳，首招其僧，命之坐，慰谕赠遗，众心大悦。”后世舍弃了“劫取”一事，而保留“入赘”之行，大概是因为“劫取”带有民间强盗的匪气，而“入赘”则更贴近老百姓的日常生活。况且，把贵为天子的开国皇帝与劫匪强盗联系在一起，似乎有点不妥。

最早搬演刘知远故事的文学作品，是宋人话本《五代史平话》。《五代史平话》属于宋元的讲史话本，是宋元说唱文学的一种，带有说书人的痕迹，以通俗平易的口语讲述历史故事。该话本分为梁、唐、晋、汉、周五部分。《资治通鉴》就是它所依据的主要文本，并且还参考借鉴了《新五代史》和《旧五代史》。但讲史话本与这些史书典籍最大的区别，是吸收了很多民间传说和故事，带有逸闻逸事的性质。宋元时，流行说书人艺术，各说唱艺术在瓦舍勾栏中盛行。宋代孟元老《东京梦华录》中记载："崇观以来在京瓦肆伎艺"的"讲史"之外，还另外设立了一条"尹常卖，五代史"。《刘知远的故事》出于《五代史平话》中的《汉史平话》，称《五代史汉史平话》。从此书现存的残本看，只讲述了刘知远微时与李三娘的相识及结合和发迹后回来报仇的故事。故事只有简单的情节，尚未对人物进行详细刻画，口语化明显，俚俗色彩较浓，但对后来该故事的演化产生了重要影响。

刘知远与李三娘的故事开始出现变化是在《刘知远诸宫调》。诸宫调是宋金时期的一种连用多种宫调说唱故事的文学形式，并配以笛子、琵琶和筝等乐器伴奏。1905 至 1907 年间，在内蒙黑水古城发现了现存本《刘知远诸宫调》。可惜的是，这是一个残本，而且作者不详。原书十二卷，只剩下首尾共五卷，且中间也有残缺。这五卷分别是：知远走慕家庄沙陀村入舍第一，知远别三娘太原投事第二，知远充军三娘剪发生少主第三，知远探三娘与洪义厮打第十一，君臣弟兄子母夫妇团圆第十二。令人欣慰的是，第一节中对刘知远的身世有详细的记录："五代史汉高祖者，姓刘，讳知远，即位更名。其先少陀人也。父曰光，失阵而卒。后散家产，与弟知崇逐母趁熟（即逃荒）于太原之地。有阳盘六堡村慕容大郎，娶母为后嫁。又生二子，乃彦超、彦进。后长立，弟兄不睦，知远独离庄舍，投托于他所，奈别无盘费……"这一段叙述，为南戏《白兔记》中刘知远流落李三娘家中提供了合理的依据。

《五代史平话》的李三娘形象比较平实、简单，只概括地写她"受尽万万千千苦难"。而《刘知远诸宫调》已开始突出其作为女性

南戏演出场景（图片提供：FOTOE）

的形象，不但“颜貌倾城”，而且性格上也有了独立丰富的表现。刘知远从军时，她决心“全不改贞洁性，效学姜女”。在兄嫂非人的虐待迫害之下，她坚强地生活了十几年，始终没有变心。从平话到诸宫调，故事主角由刘知远转向李三娘，情节也以夫妻两人的悲欢离合为主。两版本相距时间不远，但内容却发生如此大的转变，究其原因，大概与文体特色不同有关。讲史话本侧重于历史人物与故事，诸宫调不但有多种宫调演唱，而且中间增加了说白，与唱词一起演说长篇的故事。这样，篇幅上就提供了展开故事情节的可能。两人悲欢离合故事成分增加，则可能和当时征战频仍、人民颠沛流离的时代背景有关。

明代《白兔记》古抄本（图片提供：FOTOE）

1967 年，上海嘉定县宣姓墓出土了南戏《新编刘知远还乡白兔记》。这是明代成化年间北京永顺堂的刻本，也是迄今发现的刊行最早的南戏刻本。因为南戏《白兔记》的版本众多，较为熟知的有：明代成化年间永顺堂刻本、明嘉靖年间进贤堂所刊的《风月锦囊》摘汇本、汲古阁原刊刻本、富春堂刻本、万历年间《玉谷新簧》本等。宋元南戏作者多为民间艺人，留存下来的资料相当少。《白兔记》的作者也没有具体姓名。明代成化永顺堂刻本的《白兔记》中，其“家门”中有“这本传奇亏了谁？亏了永嘉书会才人在灯窗之下，磨得墨浓，斩（蘸）得笔饱，编成此一本上等孝义故事”。因此，后世多认为其作者为永嘉书会才人的集体创作。“永嘉”即今天的浙江温州，是当时南戏的兴盛之地，所以南戏也称为“温州杂剧”、“永嘉戏曲”或南词。“书会”是宋元时代戏曲的社团组织，“才人”是当时人们对读书人的称呼。

南戏《白兔记》继承了《五代史平话》和《刘知远诸宫调》的某些故事，但情节与人物也有所发展。相对诸宫调的注重悲欢离合，南戏《白兔记》将主题锁定为“贫者休要轻相弃，否极终有泰来时，留与人间作话题”。李三娘的悲惨命运和遭遇成为该剧极力渲染的重点。面对兄嫂的逼迫改嫁，她坚决不从，宁愿“日间挑水三百担，夜间挨磨到天明”。她在磨坊中生子，自己咬断脐带，将孩子送至刘知远处抚养。十五年后，其子因追猎白兔与李三娘相遇，一家人才相认团聚。兄嫂蛮横而残暴，对她处处欺凌虐待，还想尽办法来折磨她：将水桶设计成两头尖的橄榄形，使她在挑水途中无法停下来休息；在水缸上钻洞，让她永远无法挑满；李三娘磨房产子，没有剪刀，自己咬断脐带，兄嫂却残忍地将婴儿扔进荷花池……种种行为，令人发指。但是，备受折磨的李三娘却逆来顺受，“一不怨哥嫂，二不怨爹娘，三不怨丈夫”，完全一个活脱脱的忠孝贤妻形象。

而当李三娘在家吃尽苦辛受尽凌辱的时候，刘知远却在岳帅府享受着优裕的生活。这一情节与南戏《琵琶记》有异曲同工之妙。自《张协状元》开始，负心婚变的故事就不断出现。《王魁负桂英》、

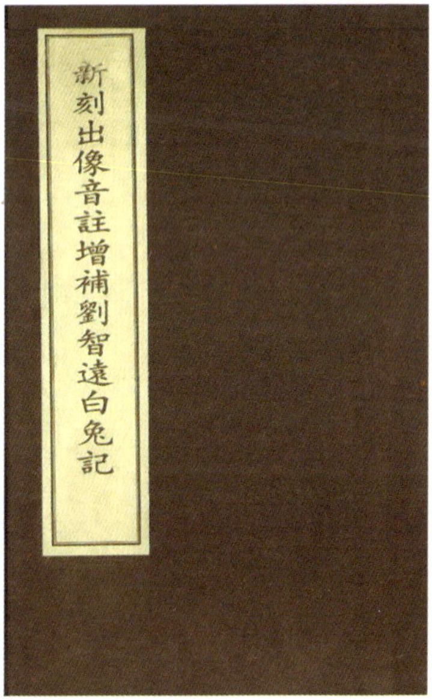

《新刻出像音注增补刘智远白兔记》

《赵贞女蔡二郎》、《琵琶记》等都是写书生发迹后再娶新人的故事。南戏《白兔记》虽然没有正面指责刘知远的忘恩负义，但李三娘在家长期受苦的描述也透露出古代妇女生活的悲惨与不幸。宋代理学家们鼓吹“饿死事小，失节事大”，妇女改嫁为社会与礼教不容。李三娘忠贞如一，却要独自承受非人的磨难。刘知远在远方再娶却不受指责，对李三娘的苦难亦没有予以援助解救。这种男女不平等的婚姻制度如此根深蒂固，还有三纲五常、三从四德、忠孝节义等伦理禁律重重地压在广大妇女身上，不幸之至。

从《五代史平话》到《刘知远诸宫调》，再到南戏《刘知远白兔记》，刘知远与李三娘的故事经历了由历史人物到民间故事，再到普通妇女婚姻家庭生活的演变。故事虽然都以大团圆结束，但南戏《白兔记》在情节设置及人物塑造等方面，均已超出了前两者，其质朴自然的民间生活气息尤为后世称道。因而，人们将它与《荆钗记》、《拜月亭记》、《杀狗记》并称为元代的“四大南戏”。

高明与《琵琶记》

元代剧坛，高明的《琵琶记》代表南戏的最高成就，被誉为元剧坛的殿军。此剧写的是赵五娘与蔡伯喈的故事。这一故事在早期的南戏中已有记载。明代祝允明《猥谈》记："南戏出于宣和之后，南渡之际，谓之温州杂剧。予见旧牒，其时有赵闳夫榜禁，颇述名目，如《赵贞女蔡二郎》等，亦不甚多，以后日增，今遍满四方。"徐渭《南词叙录》也说："南戏始于宋光宗朝，永嘉人所作《赵贞女》、《王魁》二种实首之。"《南词叙录》的"宋元旧篇"首篇就收录了《赵贞女蔡二郎》，载："即旧蔡伯喈弃亲背妇，为暴雷震死，里俗妄作也。"

《赵贞女蔡二郎》（以下简称《赵贞女》）演蔡伯喈高中后，背亲弃妇，享受荣华富贵；其妻赵贞女在家养亲食糠，祝发买葬，背琵琶乞讨寻夫。蔡反不相认，还放马踩踹赵贞女，终被暴雷轰死。高明则将故事主题逆转，演为符合封建伦理道德的"有贞有烈赵贞女，全忠全孝蔡伯喈"。《琵琶记》开篇点明："今来古往，其间故事几多般。少甚佳人才子，也有神仙幽怪，琐碎不堪观。正是不关风化体，纵好也徒然。论传奇，乐人易，动人难。知音君子，这般另作眼儿看。休论插科打诨，也不寻宫数调，只看子孝妻贤。"故明太祖朱元璋赞

《琵琶记》版画

其剧曰："《五经》、《四书》，布帛菽粟也，家家皆有。高明《琵琶记》，如山珍海错，富贵家不可无。"

负心背弃之事，古代文史上多有所录。《诗经》中的《氓》、《谷风》；汉乐府《白头吟》、《上山采蘼芜》；唐传奇《霍小玉传》、《会真记》；宋代戏文《张协状元》、《王魁负桂英》、《陈叔文三负心》等，无一不是写女子遭弃的悲惨命运。封建社会历来重视传统伦理道德，忠孝贞节，三纲五常，圣似金科玉律。那些违背伦理道德的行为，往往遭到谴责，为人不耻。既然如此，高明为何给一个受人谴责的负心人披上全忠全孝的外衣呢？

最早提及赵蔡故事的，是宋代诗人陆游的诗。其诗《小舟游近村，舍舟步归》云："斜阳古柳赵家庄，负鼓盲翁正作场。身后是非谁管得，满村听说蔡中郎。”蔡中郎即蔡二郎，民间传说为汉代名士蔡邕。该诗作于 1195 年，可见，赵贞女、蔡二郎故事在宋代已广为流传。明嘉靖《宁波府志》载：高明“即日解官，旅寓鄞之栎社沈氏楼，以词曲自娱。因感刘后村‘死后是非谁管得，满村争唱蔡中郎’之句，乃作《琵琶记》传于世。”徐渭《南词叙录》亦记：“永嘉高经历明，避乱四明之栎社。惜伯喈被谤，乃作《琵琶记》雪之。”此为《琵琶记》创作动因一说。

历史上的蔡邕，字伯喈，为汉代著名文士，是女诗人蔡琰之父，但史书没有记载他还有一个赵姓的妻子。《后汉书·蔡邕传》记：“性笃孝，母常滞病三年，邕自非寒暑节变，未尝解襟带，不寝者七旬。母卒，庐于冢侧，动静以礼。”高明的《琵琶记》在辞试一场，蔡伯喈被问及何为“孝”时言：“凡为人子者，冬温夏清，昏定晨省，问其燠寒，搔其痾痒，出入则扶持之，问所欲则敬进之。所以父母在，不远游；出不易方，复不过时。古人的孝，也只是如此。”高明将蔡伯喈改为侍奉爹娘力辞试不从的孝子，倒与史实相通。

《后汉书》又记，蔡邕“少博学”，“妙操音律”。桓帝时，因善琴被召，“邕不得已，行到偃师，称疾而归。闲居玩古，不交当世”。建宁三年，被召，先后任河平长、郎中、议郎之职，后因上疏得罪权贵，被投入狱，流放朔方。中平六年，灵帝崩，董卓又召，称疾不就。董卓大怒，蔡邕不得已就任。董卓对蔡邕极为敬重，三天之内，连升三职。董卓被诛后，王允当权，蔡邕因怀念董卓以致触怒王允，终死于狱中。蔡邕曾作《释诲》，历数为官之害，因而每称疾不就，可惜权势所迫，虽“实慕静”，终至“名浇身毁”。《后汉书》所记蔡邕，学问、善琴、官职、辞官等，迥异于《赵贞女》所述，反与《琵琶记》中蔡伯喈多有吻合。无怪乎人们说它“雪伯喈之耻”。

蔡邕身为一代名士，尚遭如此厄运，何况生于元末乱世的高明。

高明，字则诚，号菜根道人，浙江温州瑞安人。温州是南戏诞生之地，其妻叔陈与时通晓音律，高明曾受其指点，为南戏《琵琶记》的创作打下基础。高明一生行卒，与蔡邕所历颇似。元末乱世，知识分子一旦陷于仕途，亦身不由己，难以善终。《琵琶记》写蔡伯喈辞官不从，大概与蔡邕称疾不就、高明“不屈权势”相关。据嘉靖甲寅（1554 年）《瑞安县志》高则诚本传记载：“高明，字则诚，居崇儒里。性聪敏，自少以博学称。一日叹曰：人不明一经取第，虽博奚为！乃自奋读《春秋》，识圣人大义。属文操笔立就。……转江南行台掾，数忤权贵，谢病去。除福建行省都事，道经庆元，方氏窃据，强留幕下，力辞不从；又以礼延教子弟，亦不就……”昔日高明赴举时，好友、诗人陈与时曾作诗赠曰：“我怀老退居江左，汝爱飞腾近日边。”及至历经官场，高明方从中醒悟：“前辈谓士子抱腹笥，起乡里，达朝廷，取爵位如拾地芥，孰知为忧患之始乎！余昔卑其言。”面对元末农民起义不断，高明一方面对方国珍、张士诚等农民军不满，另一方面又对元朝廷的腐败无能深感失望。其苦闷忧患无处可告，只好作诗感叹：“江山有恨英雄老，天地无情雨露高。”（《次韵酬高应文》）

蔡邕像

《琵琶记》既写忠烈赵贞女，又写忠孝蔡伯喈，简直就是孝子节妇的典型。高明对孝子节妇的称颂有迹可循。《南词叙录·宋元旧篇》亦有写孝子故事的戏文《闵子骞单衣记》，大概是高明早期所作。此外，他还旌表过陈孝妇，作《王节妇诗》、《华孝子故址记》、《孝义井记》等诗文。当然，最著名且影响最大的是《琵琶记》。不过，这些赞颂诗文确有其为人称道之处，并非像封建卫道士般迂腐不化。

事实上，高明并非一味为封建伦理唱赞歌。他生于封建时代，且师从理学名儒，思想受其影响也无可厚非。对社会黑暗、民生疾苦，他并未麻木。相反，可谓刻骨铭心。《琵琶记》所写赵五娘之悲惨命运、蔡伯喈三不从之无奈，正是元代社会的缩影。如蔡伯喈入赘牛府，享受荣华富贵之时，赵五娘在家自食糟糠，其间苦酸，字字皆血：“〔孝顺歌〕呕得我肝肠痛，珠泪垂，喉咙尚兀自牢嘎住。糠！遭砻被舂杵，筛你簸扬你，吃尽控持。悄似奴家身狼狈，千辛万苦皆

《琵琶记》中面容悲戚的赵五娘（图片提供：微图）

经历。苦人吃着苦味，两苦相逢，可知道欲吞不去。〔前腔〕糠和米，本是两倚依，谁人簸扬你作两处飞？一贱与一贵，好似奴家共夫婿，终无见期。丈夫，你便是米么，米在他方没寻处。奴便是糠么，怎的把糠救得人饥馁？好似儿夫出去，怎的教奴，供给得公婆甘旨？〔前腔〕思量我生无益，死又值甚的！不如忍饥为怨鬼。公婆年纪老，靠着奴家相依倚，只得苟活片时。片时苟活虽容易，到底日久也难相聚。谩把糠来相比，这糠尚兀自有人吃，奴家骨头，知他埋在何处？”

《琵琶美人图》吴伟（明）

从蔡邕及自身的遭遇，高明看出封建社会知识分子无法改变的悲剧命运。他塑造蔡伯喈这一人物，对其三辞不从的设计和对官场权势的影射，以及对赵五娘悲惨生活的描写，都是元代社会现实活生生的写照。这说明了高明对社会现实的洞悉与反抗。“论传奇，乐人易，动人难。知音君子，这般另作眼儿看。休论插科打诨，也不寻宫数调，只看子孝妻贤（《琵琶记》）。”由此看来，《琵琶记》并非仅宣扬风化，还有高明寻觅“知音君子，这般另作眼儿看”的期望。

官场篇

儒家思想奉行学而优则仕，古代知识分子通过科举进入官场仕途。范仲淹《岳阳楼记》云：「居庙堂之高则忧其民，处江湖之远则忧其君。」明君贤臣历来是广大人民的向往和愿望。可惜，现实并不如人愿。暴君或昏君在位，奸臣把持朝政，谗佞小人当道，忠臣义士被害，人民处于水深火热的危难绝境。自古忠奸不两立，一出出充满血腥的忠奸斗争在历史舞台不断上演。

纪君祥与《赵氏孤儿》

在元代北方杂剧作家中，纪君祥是不可忽视的一位。钟嗣成《录鬼簿》说他一名天祥，大都人，生卒年不详，“与李寿卿、郑廷玉同时”。其所作杂剧六种，至今仅有《赵氏孤儿》流传于世。《赵氏孤儿》被称为中国古典四大悲剧之一，王国维《宋元戏曲考》更将其与关汉卿的《窦娥冤》相并列，认为“剧中虽有恶人交构其间，而其赴汤蹈火者，仍出于其主人翁之意志，即列之于世界大悲剧中，亦无愧色也”。

杂剧《赵氏孤儿》全称为《冤报冤赵氏孤儿》，又名《赵氏孤儿大报仇》，《录鬼簿》中全称作“象公逢公孙杵臼，冤报冤赵氏孤儿”。故事取材于春秋时晋灵公在位之事，武将屠岸贾专权，将士大夫赵盾一家满门抄斩。赵盾之子赵朔身为驸马，也被逼自杀。赵家三百多口人，只剩下赵朔妻刚生下的婴儿赵武，即赵氏孤儿。赵孤被程婴偷偷带出宫外，却被门卫韩厥发现。韩厥将其放走后自杀。屠岸贾知道后，下令屠杀全国半岁以下婴儿。程婴为保存赵家血脉，将自己的儿子交给公孙杵臼然后举报其藏匿赵孤。结果程婴之子与公孙杵臼双亡。赵孤为程婴携养，并被屠岸贾收为义子。二十年后，赵孤长大成人，程婴将真相告之，终报血海深仇。

孤儿赵武被害和遇救是春秋时期的历史事实。《春秋》最早记录此事：宣公二年“秋九月乙丑，晋赵盾弑其君夷皋”。成公八年“晋杀其大夫赵同、赵括”。《左传》已可见该故事的雏形：文公二年，晋襄公去世，赵盾欲立公子雍为君。次年，赵盾和士大夫迫于穆嬴淫威，立太子夷皋为晋灵公。宣公二年，晋灵公不君，赵盾数谏遭其厌恶。晋灵公派钮麑杀赵盾未遂，又设伏甲士放獒犬杀之，为提弥明救。赵穿杀晋灵公，赵盾逃亡而返。太史记曰：赵盾其弑君。成公八年，赵家内讧，赵盾之子赵朔寡妻庄姬与赵婴齐私通。赵婴齐被流放，庄姬进谗言将赵同、赵括杀死。赵武从庄姬藏于宫中。

程婴像

杂剧《赵氏孤儿》本于司马迁的《史记》。《史记》卷四三《赵世家》和卷四五《韩世家》，还有《晋世家》都有相关的记述。刘向的《新序·节士第七》也有记载。从《春秋》到《史记》，赵孤故事经历了由简到详、由片段到完整故事的过程。《赵氏孤儿》主要根据《史记·赵世家》改编而成。纪君祥在保留故事主旨的同时，对其情节作了很大改动。

首先是时间的改动。历史上赵氏被灭门及赵孤报仇都是晋景公时的事，《赵氏孤儿》将这两件事与钮麑刺杀赵盾、放獒犬咬盾、灵辄救盾等事一起放在晋灵公时代。这可以形成高度集中的戏剧冲突，有利于故事情节迅速展开。其次是人物的变化。其中，变化最大的是程婴。《史记》记公孙杵臼与程婴都是赵朔的门客。《赵氏孤儿》中的程婴变成了一名草泽医生，是救孤养孤的关键人物。他受公主临终之托，冒死将婴儿带出宫。为救赵孤，他不惜牺牲自己的儿子。后来，屠

《赵氏孤之儿大报仇》版画

岸贾将其收为门客，赵氏孤儿也被屠收为义子。直到赵孤长大成人，程婴才告知真相并以死殉难。另一重要变化是韩厥。历史上的韩厥是晋国上卿。屠岸贾谋杀赵盾时，他劝赵盾逃走。赵盾将赵氏孤儿托付于他，后来为赵孤恢复地位的也是他。杂剧中他被塑造为一位放走程婴的将军，为保守秘密自刎。最后，《史记》中的赵氏孤儿复仇带有灵异神秘色彩。晋景公生病占卜，得知赵孤未死，于是，诸将与他一起将屠岸贾诛灭。《赵氏孤儿》则改成赵孤亲自杀死屠岸贾报了仇，结果大快人心。

该剧被认为有影射现实之意，因为宋皇室正是赵氏孤儿的后人。宋代帝王多次为程婴、公孙杵臼和韩厥等人修建祠庙、加封爵号等。宋

《赵氏孤儿之公孙杵臼耻勘问》版画

人魏泰《东轩笔录》记：宋神宗在位时，多次失皇子。大臣们认为是程婴、公孙杵臼的魂魄无所归依而致。后来，程婴被封为成信侯，公孙杵臼则为忠智侯。宋高宗即位时，汪藻《群臣上皇帝劝发第一表》云：“辄慕周勃安刘之计，庶伸程婴存赵之忠。”十五年后，宋高宗又在临安为程婴等建祠庙，加封爵号。宋亡之际，人们将“存赵孤”之事与抗敌爱国联系在一起。文天祥曾赞抗元忠臣铉翁云：“程婴存赵真公志，奈有忠良壮此行。”他的《指南录·无锡》诗云：“夜读程婴存赵事，一回惆怅一沾巾。”

宋亡后，元朝廷做了很多令人发指之事。《元史·世祖本纪》载：“初，琏真珈重赂桑哥，擅发宋诸陵，取其宝玉，凡发冢一百有

山西省盂县藏山的藏孤洞（图片提供：FOTOE）

一所，戕人命四，攘盗诈掠者诸赃为钞十一万六千二百锭，田二万三千亩。金银、珠玉、宝器称是。帝犹贷之死，而给还其人口、土田。”杨莲真珈掘宋陵一事曾轰动朝野。宋人将被弃荒野的宋陵骸骨归葬，罗有开赞曰：“吾谓赵氏昔者家已破，程婴、公孙杵臼强育其真孤；今者国已亡，唐君玉潜匿藏其真骨。两雄力当，无能优劣。”

杂剧《赵氏孤儿》出现于元初，其社会背景与此相类。1214 年，元太祖（成吉思汗）攻陷北京，“所虏山东、河南、北直隶、山西童男女为奴者尽杀之，为数极众”。元人统治地区，“州县长吏专生杀，燕京留后长官咸得卜尤贪暴，杀人盈市”。纪君祥敢将《赵氏孤儿》搬上舞台，并让人物唱出“凭着赵家枝叶千年永”、“你若存的赵氏孤儿，当名标青史、万古留芳”等曲词，正与宋人“存赵孤”精神相契合。明人孟称舜评曰：“此是千古最痛最快之事，应有一篇极痛快文发之。读之觉太史公传犹为寂寥，非大作手，不易办也。”

《赵氏孤儿》之后，元代出现了相同题材的戏文、传奇等。清代还有杂剧《赵宣孟》、莆仙戏《岸贾打》、京剧《搜孤救孤》，近代地方戏有秦腔、蒲剧、汉剧、湘剧、川剧、桂剧等。1733 年，《赵氏孤儿》流传到法国，成为中国第一部流传到国外的戏曲。1741 年，英国人威廉•哈察特仿作《中国孤儿》于伦敦出版；1752 年，意大利人仿作《中国英雄》；1754 年，法国思想家伏尔泰据《赵氏孤儿》创作出《中国孤儿》，成为最重要的一部仿作。至 21 世纪，该剧的影响仍不绝如缕：2003 年，北京人艺和国家话剧院同推大型话剧《赵氏孤儿》；2010 年，导演陈凯歌将其拍成同名电影，影视界再次掀起“赵氏孤儿热”。

《赵氏孤儿》如此受欢迎，至今仍流传有很多关于它的逸闻趣事。明代戏曲作家李开先《词谑》记：“颜容，字可观，镇江丹徒人……尝与众扮《赵氏孤儿》戏文，容为公孙杵臼，见听者无戚容，归即左手捋须，右手打其两颊尽赤，取一穿衣镜，抱一木雕孤儿，说一番，唱一番，哭一番，其孤苦感怆，真有可怜之色，难已之情。异日复为此戏，千百人皆哭失声。归，又至镜前，含笑深揖曰：‘颜容，真可观矣！’”最有趣的是，我国境内还出现了多处藏孤之地。《山西通志》载：“藏孤洞，北三十五里藏山。相传晋程婴藏孤处也。”《山西通志》又载：“藏孤台，在武峪山。相传程婴藏赵孤于程侯山，诸将索之急，乃谋取他儿为匿山中，更匿赵孤于武峪。后人名藏孤台。”明《山堂肆考》记：“程侯山在山西忻州，程婴匿赵孤于此。”稷山县三界庄村也被称为“藏孤村”。《平阳府志•山川》记：“赵盾田于首山”，当地传说程婴救出孤儿后，先将婴儿藏在东门内王家巷张家院一夹墙中，故张家院也叫“孤儿院”。

李开先与《宝剑记》

元代四大南戏之后，明初剧坛一度沉寂。明初传奇带有浓重的道学气和八股味，被讥为“纯是措大书袋子语，陈腐臭烂，令人呕秽”。直至嘉靖年间，传奇《宝剑记》问世，始扫陈腐之风。

《宝剑记》讲林冲向朝廷上书弹劾高俅，高俅怀恨在心，借看林冲家传宝剑，把林冲骗入白虎节堂，从而将林冲刺配沧州。林妻贞娘上庙烧香被高俅之子高衙内看上。贞娘不惧高衙内威逼，逃出京城。高俅派教头王进持林冲家传宝剑追杀贞娘。王进将宝剑还给贞娘，放其逃走。贞娘出家为尼。林冲被发配沧州后，继续被高俅追杀。最终他火烧草料场，雪夜上梁山，做了梁山马军头领。后来梁山攻打大宋，一直打到汴京。宋朝为招安，赦林冲无罪，将高俅父子送到军前。林冲杀死高氏父子，归顺朝廷后与贞娘团圆。

传奇《宝剑记》讲水浒英雄林冲落草，恰好小说《水浒传》也在嘉靖年间正流行。李开先《词谑》曾提到，唐顺之、王慎中等人盛赞《水浒传》“委曲详尽，血脉贯通，《史记》而下，便是此书”。唐、王二人与李开先同为“嘉靖八才子”。李开先在自己的著作中引述友人的评语，还将该故事写成传奇，可见他本人对《水浒传》亦赞誉有加。只是，小说细数梁山一百零八将的英雄事迹，而传奇《宝剑

《林冲刺配沧州道 鲁智深大闹野猪林》版画

记》只取林冲一支做延伸。

李开先（1502—1568 年），山东章丘（今济南）人，字伯华，号中麓，别署中麓放客。他自幼聪慧，七岁能属文，知声律，赋诗填词，琴棋书画皆通；嘉靖八年（1529 年）中进士，是“嘉靖八才子”之一，官至提督四夷馆太常寺少卿。嘉靖二十年（1541 年）夏，李开先被罢官归乡，在家闲居二十七年。其一生有三好，好戏曲，爱交友，尤以“藏书之名闻天下”，有“词山曲海”之称。传说他曾对人

《林冲夜奔》剧照（图片提供：FOTOE）

说自己家中收藏了一千多种元杂剧。其诗文集《闲居集》收录诗词四卷、文章八卷，还编著《烟霞小稿》、《傍妆小令》等民歌集，并有《中麓小令》一百首、曲论《词谑》、传奇《宝剑记》等作品传世。

在隆庆原刻本的《闲居集》卷八中，李开先说《宝剑记序》乃为自己改窜雪蓑之作。也就是说，李开先为自己创作的传奇《宝剑记》写序，而将其冠上雪蓑之名。这种做法似乎有故弄玄虚之嫌。雪蓑姓苏名洲，号雪蓑道人。出身贫寒而性颖悟，游食四方。他晚年寄居章丘，与李开先交，类似于李开先的门客山人。李开先曾为其作《雪蓑道人传》，说他“所作多生硬奇怪，或杂里中常谈，或出方外异语”。而《宝剑记序》的语言晓畅自然，并无“生硬奇怪”之语，倒是与李开先的文风极相似。

李开先为什么要“故布疑阵”呢？这要从作品本身入手。《宝剑记》虽写林冲被逼上梁山之事，但明显寄寓了作者改编之意。林冲由小说中的被动反抗到主动出击，在与高俅、童贯等权奸的斗争中，处处表现出忠臣义士的本色。《宝剑记》第一出〔满庭芳〕即明示剧情：“义士林冲，孝妻张氏，早年子母孤孀。遭受残害，倚势乱纲常。幸遇贤明府君，悯英雄发配遐方。义聚梁山豪杰，剪恶表忠良。佳人多薄命，钗梳典尽壶，终养姑嫜。不慕权豪富贵，女替贞娘。千里寻夫逃难，虎狼丛失伴仓皇。白云庵夫妻相遇。宝剑永传扬。”其后题诗曰“高殿帅纵子淫乱，杨府尹决断分明。张贞娘冰霜守节，林武师宝剑传名。”而〔鹧鸪天〕则表明该剧意图：“诛谗佞，表忠良，提真托假振纲常”。因此，《宝剑记》被认为有讥讽时政之意。

李开先为官十三年，历户部主事、员外郎、郎中、太常寺少卿。他曾两次饷边，有功于朝廷。饷边期间，他目睹边患严重、防务废弛，向朝廷提出澄清吏治、富国强兵等建议，但未受重视。后李开先因霍韬与夏言结怨之事被夏言排斥，调任太常寺闲职。迁太常寺少卿

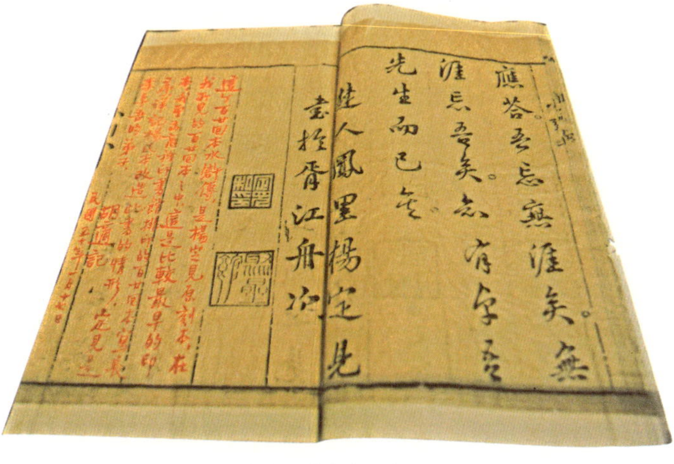

《水浒四传全书》书影

不久，李开先就因庙失火被罢官。《明实录•世宗实录》记："辛酉夜……九庙灾。……火从仁庙起，延烧仁庙及太庙，群庙一时俱毁。"因此，朝廷要求四品以上官员均写一份"引咎辞职书"。李开先所任太常寺少卿，官阶刚好四品。兵部尚书大学士翟銮曾为李开先"苦争"，却无力回天。

罢官六年后，李开先创作出忠奸斗争题材的《宝剑记》，并让家中戏班将其演出。《宝剑记序》记："尝拉数友款予，搬演此戏，坐客无不泣下沾襟，恐其累吾道心，酒半而先逃……邑侯平冈，恐是记失传，托刻之，盖政而兼文者也。"李开先创作《宝剑记》仅用了两个月，因此他对高明写《琵琶记》"阖关谢客，极力苦心，歌咏则口吐涎沫，按节拍则脚点楼板皆穿，积之岁月，然后出以示人"有点不以为然。

不过，王世贞却认为《宝剑记》不协音律，不谙南曲。明代戏曲评论家吕天成《曲品•卷上》就说李开先是"生扭吴中之拍"。沈德符的《顾曲杂言》也说："章邱李中麓太常亦以填词名……而不娴度曲。即如所作《宝剑记》，生硬不谐，且不知南曲有入声，自以《中原音韵》叶之，以致吴侬见诮。"当然，李开先是北方人，长期生活于北方，对流行于南方的南曲不太熟悉也是常情。所以他在第一出就说明自己是"联金缀玉成新传，换羽移宫按旧腔"。

尽管如此，传奇《宝剑记》的开创之功仍然不可抹杀。《浣纱记》与《鸣凤记》紧随其后问世，大大促进了明中叶传奇的繁荣。而且，它还引发了水浒戏创作的热潮。其后，陈与郊的《灵宝刀》、沈璟的《义侠记》、许自昌的《水浒记》、金焦云的《生辰纲》等相继出现。至于明代戏曲评论家祁佳彪在《远山堂曲品》中批评其"不识炼局之法，故重复处颇多"，今人说它把"草莽英雄的性格都士大夫化了"等，则是瑕不掩瑜。

王世贞与《鸣凤记》

王世贞像

王世贞（1526—1590年），字元美，号凤洲，又号弇州山人，江苏太仓人，明嘉靖二十六年（1547年）进士。他与李攀龙、谢榛、宗臣、梁有誉、徐中行、吴国伦合称“嘉靖后七子”。《明史·王世贞传》称：“世贞始与李攀龙狎主文盟，攀龙殁，独操柄二十年。才最高，地望最显，声华意气笼盖海内。一时士大夫及山人、词客、衲子、羽流，莫不奔走门下。片言褒赏，声价骤起。”李攀龙去世后，王世贞居文坛盟主之位长达二十年。

身为文坛领袖，王世贞素以诗文名世。他一生著述颇丰，有《弇州山人四部稿》一百七十四卷、《弇州山人四部稿续稿》二百零七卷、史学代表作《弇山堂别集》一百卷等。《四部稿》分诗、赋、文、说四部，全书一百多万言，内容庞杂广博，囊括万千，影响极为深远。《四库全书总目提要》记：“自李梦阳之说出，而学者剽窃班、马、李、杜；自世贞之集出，学者遂剽窃世贞。故艾南英《天佣子集》有曰：‘后生小子，不必读书，不必作文，但架上有前后《四部稿》，每遇应酬，顷刻裁割，便可成篇。骤读之，无不浓丽鲜华，绚烂夺目；细案之，一腐套耳。’”王世贞名气之大，《四部稿》影响之深，竟至后人纷纷抄袭剽窃。无怪乎有人将明代三大传奇之一的《鸣凤记》归于其名下。

《鸣凤记》是一出政治“活报剧”，写明代嘉靖年间八谏臣与奸臣严嵩父子的斗争。这八位谏臣分别是：杨继盛、吴时来、张翀、董传第、郭希颜、邹应龙、林润、孙丕扬，加夏言、曾铣合称为“十义”，或叫“双忠八义”。因第一出〔家门大意〕云：“前后同心八谏臣，朝阳丹凤一齐鸣”，故取其剧名曰《鸣凤记》。嘉靖年间，南北外族相侵，朝廷内部黑暗腐败。严嵩父子及其爪牙赵文华等人把持朝政，残害忠良，作恶多端。《鸣凤记》以此为创作背景，写嘉靖时权臣严嵩杀害了力主收复河套的夏言、曾铣。杨继盛上书给皇帝，痛陈严嵩五奸十大罪，因而惨遭刑戮。董传策、吴时中、张鹤楼三人又联名劾奏严嵩，均受严刑拷打，并被发配充军。郭希颜以“不剪奸雄死不休”的决心向朝廷陈言极谏，又遭严嵩毒手。最后，邹应龙、孙丕扬、林润等人经过种种曲折，终于斗倒严嵩，清算了严党的罪。此剧塑造了忧国忧民、刚正不阿、临危不惧的忠义之士，将朝廷忠奸斗争展示于世人。

关于《鸣凤记》的作者，明清以来有三种说法：一说王世贞，一说为王世贞之门人，还有一说为无名氏。这三种说法，都有一定的来源。

王世贞是嘉靖年间独领风骚的文人，他的《曲藻》对古代戏曲有较精辟的论述。然而后人考究王世贞的生平活动，却没有发现其创作《鸣凤记》的记录。明代较重要的戏曲著述也没有提及王世贞作《鸣凤记》的文字。王骥德《曲律》多次提到王世贞，却找不到《鸣凤记》的记录。沈德符的《万历获野编》及徐复祚的《曲论》也没有涉及

江苏太仓弇山园（图片提供：FOTOE）

弇山园已有一千余年的历史。原为明代文学家王世贞的私家园林。初称“小祇园”，也是南宋“海宁寺”的旧址。

《鸣凤记》作者为王世贞的文字。另外明人所著录书籍中，著录《鸣凤记》的有《祁氏读书楼书目》、《徐氏家藏书目》、《鸣野山房书目》、沈自晋的《南词新谱》卷首《古今入谱词曲传剧总目》等，都没有署名作者，更不见王世贞之名。但明代也有认为王世贞是《鸣凤记》作者的，如毛晋汲古阁原刻本《鸣凤记》卷首总目就有“明王世贞撰”几个字；冯梦龙也曾说“读王凤洲《鸣凤记》而不下泪者，必非忠臣”；沈君玉的《坚瓠集》载：海盐腔女演员年轻时曾受宠于严世蕃，严失势后，她又亲自面傅粉墨登台扮演王世贞《鸣凤记》中的严世蕃。不过，在明代持此说的只是少数人。到了清代，情况发生了突变，越来越多的人将《鸣凤记》归于王世贞名下，《古人传奇总目》、《传奇汇考标目》、《曲目新编》、《今乐考证》等，都记载是“王世贞作”。

那么，《鸣凤记》究竟是不是王世贞所作？如果不是，为什么会有此说法呢？明嘉靖五年，王世贞生于苏州太仓，“生有异禀，书过目，终身不忘”。其先祖为山东琅邪王氏后裔，后迁至太仓。父亲为右都御史，王世贞于嘉靖二十六年（1547 年）中进士，曾任刑部主事、员外郎、郎中等职。嘉靖三十八年（1559 年），王世贞的父亲担任蓟辽总督，战事失守，敌军渡过滦河，致使大片土地被占。王父因此受到弹劾，被捕入狱，次年被处死。此前，王世贞与严嵩已有过节。《明史·王世贞传》记载，有一个姓阎的人犯了法，藏在锦衣都指挥陆炳的家中，被王世贞搜出。陆炳依仗严嵩之势为犯人求情，王世贞不肯徇私。后来杨继盛因弹劾严嵩被诬入狱，王世贞为其送汤送药，又代其妻写状申冤。杨死后，王世贞为其下葬。因此，严嵩对王世贞恨之入骨。王世贞多次要被提拔，最后都因严嵩之故没有被任用。王父失事后，王世贞丢官弃职，与弟弟每天跪在严嵩家门前，请求严嵩原谅父亲。严嵩表面上安慰王氏兄弟，暗地里却处死王父。隆庆元年（1567 年），王氏兄弟为父申冤，说其父为严嵩陷害。在大学士徐阶的帮助下，王父冤案得雪，官复原职。故此，人们将揭露严嵩父子罪恶、赞颂杨继盛等忠义之士的《鸣凤记》归于王世贞名下，也算是事出有因了。

严嵩像

但是，清代汇录了自元至清代乾隆年间近700种戏曲剧目的《曲海总目提要》又说《鸣凤记》“系王世贞门客所作，以杨继盛为凤鸣朝阳也”。戏曲理论家焦循的《剧说》则说得更详细：“《弇州史料》中《杨忠愍公传略》与传奇不合。相传《鸣凤》传奇，弇州门人作，唯《法场》一折，是弇州自填。词初成时，命优人演之，邀县令同观。令变色起谢，欲亟去，弇州徐出邸抄示之，曰：‘嵩父子已败矣。’乃终宴。”所谓“弇州门人”又是谁？上述两处都没有说明。

而大多明代戏曲家都认为，《鸣凤记》是无名氏之作。如吕天成的《曲品·卷下》将剧作分为“旧传奇”、“新传奇”、“作者姓名无可考”三类。《鸣凤记》就被列于第三类第二位，其评曰：“纪诸事甚悉，令人有手刃贼嵩之意。词调尽鬯达可咏，稍厌繁耳。江陵时亦有编《鸾笔记》，即此意也。”北京大学图书馆所藏清河郡黑格钞本上有用朱笔添注的“王凤洲作”四个字，但被认为是清人所加。而在《曲品·卷上》，吕天成已经将王世贞列入“不作传奇而作散曲者”之列。

至此，《鸣凤记》的作者虽未有定夺。但作为时事政治题材的开路先锋，传奇《鸣凤记》的影响深远。清代李玉的《清忠谱》、孔尚任的《桃花扇》等剧均受其影响。如孔尚任在《桃花扇·骂筵》一出，就将马士英、阮大铖比作严嵩、赵文华，让李香君唱出《忒忒令》：“赵文华陪着严嵩……丑腔恶态，演出真《鸣凤》。”

李玉与《清忠谱》

李玉是明末清初重要的戏曲家，字玄玉，后因避康熙玄烨讳改成元玉。吴县（今江苏苏州）人，别号苏门啸侣、一笠庵主人。生卒年不详，一般认为其生于万历末年（1610—1620 年），卒于康熙十年（1671 年）以后。李玉是一位多产的剧作家，所作传奇三十多种，今存二十余种，数量之多为明清传奇作家罕见。《传奇汇考标目》说他“著述极富，陈文叔丈言，昔日盛时，大内藏者达六十种，惜多不记耳”。这一说法未必可信，但可考证的为李玉作品的有“一笠庵四种曲”、《牛头山》、《眉山秀》、《千忠戮》、《清忠谱》等。

《清忠谱》是李玉晚年的代表作，被列为中国十大古典悲剧之一。明末天启年间，阉党魏忠贤专权舞弊、倒行逆施。东林党人周顺昌多次弹劾阉党，遭到魏忠贤杀害。苏州百姓由此发起一场反对阉党的斗争。苏州市民颜佩韦、马杰、周文元、杨念如、沈扬等五人在斗争中牺牲。剧末，熹宗驾崩，思宗继位。罪孽深重的魏忠贤愧疚自缢。苏州人民焚烧魏忠贤神像以祭周顺昌等人在天之灵。

焦循《剧说》云：“元玉系申相国家人，为申公子所抑，不得应科试，因著传奇以抒其愤。”申时行为万历年间的内阁大学士，后辞官回长洲老家，长洲即今苏州市。申时行晚年赋闲在家，广蓄歌妓，

江苏无锡东林书院“后学津梁”石牌楼

东林书院创建于北宋政和元年（1111年），为北宋理学家程颢及其弟子杨时讲学之地，后废弃。明万历三十二年（1604年），由东林学者顾宪成、高攀龙等人修复，并在此聚众讲学，成为东林学者聚会讲学的重要场所。

诗酒娱乐。他的儿子申用懋、申用嘉和孙子申绍芳都是朝中高官。清人吴伟业在《南北词简谱》中提到，李玉的父亲曾是申用懋的仆人。清代词人吴绮说李玉“家传自擅清平调”，袁行霈教授的《中国文学史》则说他父亲“可能是明末相国申时行家庭戏班中曲师”。申时行家世显赫，世代为官，家中仆人或家人众多不足为奇。按李玉出生于万历末年来看，其父亲在申府当仆人或他自己为申府家人之时，大概是申时行蓄歌妓以自娱的晚年。李玉既然“才足以上下千载”、“学足以囊括士林”，自然为人所妒。所以，“为申公子所抑”也就不足为怪了。

李玉在申府竟不能参加科试，备受压抑。但他将困顿抑郁转化成创作戏曲的动力，“以抒其悲愤”。钱谦益《眉山秀·题词》评：“元玉上穷典雅，下渔稗乘，既富才情，又娴音律，殆所谓青莲（李白）苗裔，金粟（顾阿瑛）后身耶？于今求通才于宇内，谁复雁行者！”高奕《新传奇品》也称赞李玉的戏剧如“康衢走马，操纵自如”。冯梦龙则赞其《永团圆》“能脱落皮毛，掀翻窠臼，令观者耳目一新，舞蹈不已”。李玉高超的戏曲技艺，得益于申家戏班的高超水平。申家戏班为江南之首，被列为“苏州上三班”、“明季为吴下甲”。李玉曾在申家生活，家班奏乐演出，他免不了耳濡目染，受益日深。况且，苏州是戏曲繁盛之地。明清之际，李玉与当时苏州戏曲家朱素臣、朱佐朝、叶时章、邱园、张大复等人形成一个苏州戏曲界圈子。他们常常一起切磋曲艺，或合写剧本。康熙初刻本的《清忠谱》正文首页在“苏门啸侣李玉元玉甫著”后，还说是与毕魏、叶时章、朱素臣同编的。《清忠谱》第二十五折也有“绿窗共把宫商办，古调新词字句研，岂草草涂鸦伧父言”的唱词。

据祁佳彪《远山堂曲品》记载，《清忠谱》之前，写周顺昌狱案的剧本就有《广爰书》、《秦宫镜》、《清凉扇》、《不丈夫》、《鸣冤记》、《孤忠记》等。吴伟业《清忠谱序》亦云：“逆案既布，以公（周顺昌）事填词传奇者凡数家。”但留存下来的只有《清忠谱》、《磨忠记》、《喜春来》三种。李玉对前人所作传奇似乎并不满意，其《清忠谱》“谱概”说“溯从前词曲少全篇，歌声咽”，因周顺昌曾被称赞“清中之清，忠中之忠”，故取名为《清忠谱》。

高攀龙像

高攀龙（1562—1626年），字存之，无锡（今属江苏）人，明代东林党首领。

苏州戏曲博物馆内的老戏台（图片提供：FOTOE）

明代后期，宦官专政，政治黑暗，社会动荡。魏忠贤阉党到处残杀东林党人。《清忠谱序》说：“李子元玉所作《清忠谱》最晚出，独以文肃（文震孟）与公相映发，而事俱按实，其言亦难驯。虽云填词，目之信史可也。”例如，据《明史纪事本末》记载，全国为魏忠贤建立的生祠有二十八处之多，而剧中写毛一鹭、李实在苏州为魏忠贤建生祠，就是社会现实的写照。《骂像》一折写道：“费尽了百万钱粮，才得了一朝齐整。雕龙插汉，镂凤飞云。画栋流霞……殿宇巍峨，一似皇极殿、凌霄殿，千丈辉煌。”

万历和天启年间，苏州地区共发生了两次市民运动。一次是万历二十九年（1601 年），苏杭织造太监孙隆兼管税务，“无赖尽投入其幕……门各立税，只鸡束菜，咸不得免，民不聊生，汹汹思乱”，因而爆发了以织工葛成为首的市民暴动。李玉的失佚传奇《万民安》

《周顺昌怒骂奸臣》版画（图片提供：FOTOE）

就是以此为题材。《曲海总目提要》收录了其故事梗概，赞颂葛成“一人倡义，万民安枕”。另一次就是天启六年（1626年）的市民暴动，即《清忠谱》所写的故事。天启五年（1625年），魏忠贤借熊廷弼事件，诬蔑东林党人周顺昌、杨涟、周起元等人贪污，并将其杀害。《明史·田尔耕传》记当时魏阉党“广布侦卒，罗织平人，锻炼严酷，入狱者卒不得出”。魏党的残暴行为，引起市民群众的反抗斗争。《明季北略》记载了杨涟被捕时的情景：“都城士民数万，拥道攀号，争欲碎官旗而夺公（杨涟）。公四向叩头，告以君臣大义，始得解散。”《旷园杂志·卷下》则记载了周顺昌被捕时的情景：“苏民倡言：天启无道，相约不用天启钱。各省府州县从而和之，积天启钱无算。传至京师，令各省出示晓谕，钱乃复行。私禁至十阅月，可见直道之在人心也。”

爱情篇

爱情历来是人类永不褪色的话题。婚姻是爱情的延伸与结果。古今中外，从希腊神话故事到中国民间传说，爱情的美好让人向往，无数男女为此魂牵梦绕，萦损柔肠。爱情之百转千回，恰在于初见的惊鸿一瞥、犹豫与猜测的暧昧不明、分离时的一日三秋、相聚时的温情缱绻。然而，在封建社会，两情相悦的男女未必能够白头偕老，结成连理。

《礼记》曰：「聘则为妻，奔则为妾。」男女婚嫁必须有父母之命、媒妁之言，否则就不为礼教所容。那些敢于冲破封建礼教藩篱的青年男女，他们在历经离乱与生死之后，或者成为封建礼教的牺牲者，或者有情人终成眷属。纵使如此，传统爱情故事仍脱不了才子佳人、男才女貌、金榜题名的模式。只有那些坚如磐石、执著如一的真挚爱情，才能经受时间的洗淘，在后世发出动人的光芒。

白朴与《墙头马上》

白朴原名恒，字仁甫，后改字太素，号兰谷先生，元曲四大家之一。钟嗣成《录鬼簿》将他列于“前辈已死名公”第二位，仅次于关汉卿；明代朱权《太和正音谱》将其列“古今群英乐府格势”第三；王国维《宋元戏曲考》提出，四大家列位应由关、马、白、郑改为关、白、郑、马。相比后世湮没无闻的元曲家，白朴是幸运的，因为他的生平资料留存最多。

白朴雕像（图片提供：FOTOE）

白朴最出名的杂剧《梧桐雨》，本于白居易《长恨歌》，风格“沉雄悲壮”，被王国维誉为“元曲冠冕”；与关汉卿《窦娥冤》、王实甫《西厢记》合称元杂剧“三大杰作”。他的另一部杂剧《墙头马上》，则与关汉卿《拜月亭》、王实甫《西厢记》、郑光祖《倩女离魂》合称元代四大爱情剧。四剧虽然同写爱情，但是风格迥异：关

《梧桐雨》版画

汉卿的激烈，王实甫的平和，郑光祖的执著，白朴的则是大胆热烈、敢爱敢恨。

白居易的乐府诗《井底引银瓶》曰：“妾弄青梅凭短墙，君骑白马傍垂杨。墙头马上遥相顾，一见知君即断肠。”白朴将此诗细化成戏剧场景与故事。不同于《梧桐雨》的哀怨缠绵，《墙头马上》写的是李千金与裴少俊私奔的故事，写“少年情韵”，“清隽明快，俊美警拔”，甚至流露出“放浪形骸”、“玩世滑稽”的态度。裴少俊与总管之女李千金一见钟情，两人花园传简互通情愫，月夜私奔。李千金藏在裴家后花园生活七年，生下一双儿女。后来，李千金被公公裴尚书发现。李千金说“这姻缘也是天赐的”，裴尚书则要求其石上磨玉簪，井底引银瓶，若其不折不断，便认可天赐的，否则便归家去。

《裴少俊墙头马上》版画

可是，“玉簪欲成中央折”，“银瓶欲上丝绳绝”，“瓶沉簪折知奈何，似妾今朝与君别”。裴尚书逼裴少俊写休书，李千金无奈之下回到洛阳父母家中。这时父母已亡。后裴少俊考中状元，任洛阳县尹，到李家寻认李千金。裴少俊父亲知道李千金原是李总管的女儿后，也与夫人带着一双孙儿前来认错。李千金起初不肯原谅裴家，后来看到一双儿女哭啼，才答应团圆。剧末，李千金指斥裴尚书“聘则为妻奔是妾”的封建观念，道：“不是我家丑事将今喻古，只一个卓王孙气量卷江湖，卓文君美貌无如，他一时窃听求凰曲，异日同乘驷马车。也是他前生福，怎教我墙头马上偏输却沽酒当垆！”不同白居易“止淫奔”的创作意图，《墙头马上》以团圆作结。虽为喜剧结局，剧中仍有悲剧情节，同样具有感人肺腑的力量。

在人才辈出的元杂剧圈，白朴是唯一以名士身份进行戏曲创作的。他显赫的家世，幼年经离乱的心灵创伤，纵情诗酒山水的放浪形骸，使他的戏剧创作表现出独特的艺术风格。李千金的敢爱敢恨，只是白朴内在性格的一个侧面。事实上，白朴杂剧中深沉的失落、追怀往昔之情，几乎贯穿一生。

据元代王博文《天籁集序》：“甫七岁遭壬辰之难”，可推知，金哀宗正大三年（1226 年），白朴生于南京。王博文自言与白朴有“三十年之旧”。父亲白华是金朝官员，先后任金代枢密院经历官、判官、右司郎中等职，经常参与朝廷大事，为皇帝出谋献策，出征战场。白朴是白华的第二子。白朴的祖辈都是有官职和名望之人，他的祖父多次获赠中大夫轻车都尉南阳郡伯。伯父白贲泰和三年中进士，叔父白莹为佛家弟子，是当时著名的诗人。壬辰之难时，白朴才七岁。动乱发生后，白朴父亲白华跟随金代天子仓皇逃离京城。次年，当时的都城南京被攻陷。年幼的白朴在这一场离乱中失去母亲，其飘零的命运，也从这一年开始。母子失散以后，白朴由白华的好友元好问代为抚养。元好问，字裕之，号遗山，是金代著名诗人。元白两家素来交好，两家的子弟也经常进行诗文交流。元好问曾为白朴的祖父母作墓表和墓志铭。元好问待白朴如同己出，悉心照料。有一次，白朴患了瘟疫，元好问整整六天昼夜抱着他，白朴终于痊愈。王国维《元戏曲家小传》记载，多年后，白华北归，写诗感谢元好问养育白朴兄弟之恩：“顾我真成丧家犬，赖君曾护落巢儿。”此后白朴父子居于滹阳。“遗山每遇之，必问为学次第”，因有元好问的细心教导，加上天性聪颖与努力，白朴“有能声，为后进之翘楚”，“未几，生长见闻，学问博览”。尽管如此，白朴始终没有摆脱年幼亡国失母的阴影。

金亡以后，元朝建立。元初，统治者实行民族压迫歧视政策。以白朴的才学见识，在元获得出仕机会不难。中统二年（1261 年），白家世交史天泽曾向元世祖举荐白朴，白朴“再三逊谢，栖迟衡门，视荣利蔑如也”。白朴拒绝仕元，并非仅为了“嘲风弄月，流连光景”。更深层的原因，既有传统文人面对时代变革时内心的惶惑不安，也有白朴幼年历经离散的心灵创伤。金亡之时，白朴只有七岁，故谈不上对亡金故君的眷恋，也说不上对元朝有不满情绪，其《天籁集》就有歌颂元统一天下及其将领英雄事迹的词作。与白朴交游的亲友中，有很多是元代的权贵，如史天泽是元中书右丞相，王恽曾是史天泽的宾客，白朴父子都曾依附于史天泽。此外，白朴与王思廉、王博文、卢挚、程思廉、李文蔚、杨果等人都有诗文唱和。这些人或是元朝官员重臣，或是著名剧作家和文士。元定宗三年，张柔曾向忽必烈举荐白华，只是最后未被任用。白朴同父异母的弟弟白恪及恪之子都曾出任元朝官职。

《天籁集》中有“水调歌头”，词序中说，白朴小时在元好问家，阿姊曾教他诵元好问的《放言》一诗，诗云：“韩非死孤愤，虞卿著穷愁……人生定能几，肝肺自相仇……正有一朝乐，不偿百年忧。古来帝王师，或从赤松游。大笑人世间，起灭真浮沤。曾是万户封，不博一掉头。有来且当避，未至吾何求。”白朴幼时念此诗，老而不忘怀。诗中的出世思想，与白朴一生不仕的出世经历对照，似可为注解。

白朴五十五岁时，徙家建康，在此度过晚年。孙大雅《天籁集》序云：“于是屈己降志，玩世滑稽。徙家金陵……放情山水……诗酒优游，用示雅志以忘天下。”白朴最晚的词作于大德十年（1306 年），当时白朴已八十一岁，故其卒年当为此年之后。《录鬼簿》载白朴死后曾受太常卿的封赠。元末明初的杂剧家贾仲明为白朴写挽词云：“峨冠博带太常卿，娇马轻衫馆阁情，拈花摘叶风诗性。得青梅，薄

《墙头马上之李千金月下花前》版画

幸名，洗襟怀，剪雪裁冰。闲中趣，物外景，兰谷先生。”

白朴的诗文杂剧，题材多为爱情、自然山水或隐逸生活。这种“放情山水”的生活，从白朴的诗词和杂剧中都可看到痕迹。《墙头马上》的李千金，比之《西厢记》中的崔莺莺面对爱情时的犹豫与猜忌，她的爱是大胆而热烈的。初次见裴少俊，她就毫不掩饰内心的情感：“休道是转星眸上下窥，恨不的倚香腮左右偎。便锦被翻红浪，罗裙作地席”，“既待要暗偷期，咱先有意，爱别人可舍了自己”。白朴的放浪形骸，李千金的敢爱敢恨，都是对某种规范与束缚的挣扎与反抗，对自由的向往与追求。

王实甫与《西厢记》

元代爱情剧中，王实甫的杂剧《西厢记》被誉为北曲压卷之作。王骥德在《新校注古本西厢记》中赞其“今无来者，后掩来哲，虽擅千古绝调”。元末明初人贾仲明增补《录鬼簿》时为王实甫写悼词曰：“风月营，密匝匝列旌旗；莺花寨，明飙飙排剑戟；翠红乡，雄赳赳施智谋。作词章，风韵美，士林中等辈伏低。新杂剧，旧传奇，《西厢记》天下夺魁。”《西厢记》自问世已流传七百多年，其间毁誉交织，争论不休。然而，其温润浪漫的剧作风格、栩栩如生的人物形象、花间美人的语言文采等艺术成就早已获得世人的高度评价，时至今日仍发出璀璨夺目的光芒。

《西厢记》全称《崔莺莺待月西厢记》，是元代著名杂剧作家王实甫的代表作品。该剧故事源于唐代诗人元稹的传奇《莺莺传》。《莺莺传》又名《会真记》，写崔莺莺与书生张生始乱终弃的爱情。崔莺莺另嫁他人之后，张生要求与莺莺再见面，莺莺写诗回绝：“弃置今何道？当时且自亲；还将旧时意，怜取眼前人。”崔、张故事疑为作者元稹自传，世人对张生始乱终弃的行为多有指责。莺莺被弃的命运也引起了后世文人的同情，因而宋、金、元、明都出现了不同的改写或续写版本。北宋文人赵令畤据此写成《商调·蝶恋花》鼓子

《西厢记之崔莺莺夜听琴》版画

词，卷首即称：“最恨多才情太浅，等闲不念离人怨。”南宋出现了亡佚的话本《莺莺传》。金代董解元的《西厢记诸宫调》一改始乱终弃的悲剧情调，歌颂崔、张敢于为追求自由爱情反抗封建婚姻制度。元代王实甫在《西厢记诸宫调》的基础上进行演绎，并在剧末借张生之口第一次喊出“愿普天下有情的都成了眷属”，一时轰动。明代还有李日华的《南西厢记》、陆采的《陆天池合并西厢记》等续作或改编作品。

王实甫的《西厢记》写书生张君瑞赴京应试，路过普救寺，与扶灵柩归葬的相国夫人及千金崔莺莺相遇。崔、张二人一见钟情，情愫暗生。恰逢贼兵孙飞虎派兵围困普救寺，欲抢莺莺为压寨夫人。老夫人为退贼兵，许诺将莺莺许配给能退贼兵者。张生于是写信向白马将军求救，击退了贼兵。事后，老夫人却赖婚，让张生与莺莺以兄妹相称。在侍女红娘的帮助下，崔张两人互传诗简表白情意，并私下结合。老夫人得知后，要求张生必须考取功名。张生上京应考，得中状元。此时，莺莺未婚夫郑恒出现，谎称张生已另娶妻。幸好张生及时赶回，矛盾才得以消释。崔、张二人冲破重重封建婚姻桎梏之后，有情人终成眷属。

《西厢记》问世后，很快就得到广泛传播，并引起巨大的社会影响。崔莺莺身为相国千金，自小养在深闺，知书识礼，深受封建礼教的熏陶与束缚。遇见张生之前，崔莺莺已按照当时“父母之命、媒妁之言”的婚姻制度被许配给老夫人的侄子郑恒。对此，她并没有反

昆剧《西厢记》剧照（图片提供：FOTOE）

山西省永济市普救寺（图片提供：FOTOE）

普救寺位于山西蒲州古城东边的峨嵋塬头上，是一座千年古刹，《西厢记》故事就发生在这里。寺中的莺莺塔，形制古朴，结构奇特，以石扣击，会发出清脆悦耳的蛤蟆叫声，称为“普救蟾声”，为古时永济八景之一。

抗，但一出场就透露了心中的无奈：“可正值残春蒲郡东，门掩重关萧寺中。花落水流红，闲愁万种，无语怨东风。”与张生在佛殿上初次相遇，她临去的那秋波一转暗示了内心萌动的春情。张生隔墙吟诗，她回应的诗便流露出闺阁的寂寞与青春的渴望：“兰闺久寂寞，无事度芳春。料得行吟者，应怜长叹人。”一番试探之后，莺莺便陷入了对张生的相思之中：“从见了那人，兜的便亲。”“今日个玉堂人物难亲近。这些时睡又不安，坐又不宁，我欲待登临不快，闲行又闷。每日价情思睡昏昏”。她心中想与张生相见，又怨恨“老夫人拘系得紧”，红娘也是“但出闺门，影儿般不离身”，只希望“谁肯把针儿将线引，向东邻通个殷勤？”老夫人赖婚后，莺莺与张生的感情却在双方的试探和表白中飞速发展。一开始，莺莺要红娘为她传情，既要躲开老夫人的监管，又要顾及自己身份的矜持。因而，她抛出的“假

青花《西厢记》人物故事图盘（清）

意儿”让张生捉摸不定，手足无措。

莺莺的诸般苦闷与犹豫试探的背后，是封建礼教及婚姻制度长期束缚的结果。我国古代封建婚姻制度大约在周代就已出现。《礼记·昏义》记：“纳采、问名、纳吉、纳征、请期、亲迎”，即古代婚姻中的“六礼”。封建时代，男女之间有着巨大的鸿沟，战国前就有“男女有别”的观念。《国语·鲁语》曰：“男女之别，国之大节也，不可无也。”孟子“男女授受不亲”的禁忌也一直禁锢着封建时代的男女。男女不但不能自由交往，还要遵守严格的隔离制度。女子出嫁前生活在闺房，不能与陌生男子见面，甚至对家人都要讲究男女有别。《礼记·曲礼》记：“男女不杂坐，不同椸枷，不同巾栉。不亲授。嫂叔不通问，诸母不漱裳。……姑姊妹女子，子已嫁而反，兄弟弗与同席而坐，弗与同器而食。父子不同席。”男女之间的礼节防守如此严密，几乎没有自由爱情存在的土壤和条件。当时男女缔结婚姻主要依靠媒人，男女之间没有媒人就不能结婚。《礼记》曰："男女非有行媒，不相知名。非有受币，不交不视。"班固的《白虎通·嫁娶》云："男不自专娶，女不自专嫁，必由父母，须媒妁何？远耻防淫泆也。"没有"父母之命、媒妁之言"的爱情，就是违背封建婚姻制度，在当时是要遭人鄙视谴责的。《孟子·滕文公下》曰："不待父母之命，媒妁之言，钻穴隙相窥，逾墙相从，则父母国人皆贱之。""聘则为妻，奔则为妾"。这些婚姻观念及制度延续了两千多年，一直笼罩在古代男女的头上。因而崔莺莺爱上张生后，内心经过的一番犹豫和试探，正是封建礼教思想长期禁锢的表现。

在红娘的撮合帮助之下，莺莺终于克服了矜持与犹豫，与张生私下结合。这在封建时代简直就是大逆不道。宋代理学家程颐就认为："饿死事极小，失节事极大。"崔莺莺身为相国千金，尚未出嫁便失身于人，更是为礼教所不容，引起了封建统治者及卫道士们的激烈抨击和诅咒。所以当《西厢记》一出现，便在当时引起了极大的轰动。人们对其评价不一，赞颂者将其推举为"天下之至文"，因为崔、张二人大胆追求自由爱情的行为，大大鼓舞了封建牢笼中的青年男女；谩骂者将其视为"淫书"，除了加以查禁外，还恶毒谩骂攻击该书的作者和赞誉者们。直至清代，统治者仍多次下令禁止刊印《西厢记》等书，认为"《水浒传》诲盗，《西厢记》诲淫，皆邪书之最可恨者。而《西厢记》以极灵巧之文笔，诱极聪俊之文人，又为淫书之尤者，不可不毁。"李岛《后西厢序》就指斥《西厢记》"其事淫谑亵秽，备极丑态"。梁恭辰《劝诫录四编》引汪棣香言，曰："施耐庵成《水浒传》，奸盗之事，描写如画，子孙三世皆哑。金圣叹评而刻之，复评刻《西厢记》等书，卒陷大辟，并无子孙。"又曰："《西厢》一书，成于两人之手，当时作者，编至'碧云天，黄花地，西风紧，北雁南飞'之句，忽然扑地，嚼舌而死。后半部，乃另一人续成

皮影戏《西厢记》中的幽会场景（清）

之。”如此狠毒的咒骂，恰好说明当时的封建礼教对人们的束缚已到了失去人性的地步。

《西厢记》的出现与元代的时代背景有密切渊源。相比之下，元代的封建礼教思想比宋明两代有所减弱。元代是蒙古族统治的朝代，蒙古人入主中原后，对原有汉族统治者的封建思想并未全盘接受。蒙古族的文化习俗与中原文化的交融碰撞，给原有的封建礼教及伦理道德带来极大冲击，也使原来禁锢人们的封建思想出现了松动。元代女性在婚姻爱情问题上，表现出比其他时代的女性更大胆的主动意识。她们敢于积极追求自己的爱情，面对外界阻力时敢于大胆反抗。如元杂剧《倩女离魂》写张倩女的母亲要求王文举必须考取功名之后才能与张倩女成婚。倩女对此表达了强烈的不满：“不争你左使着一片黑心肠，你不拘箝我倒不想，你把我越间阻，越思量。”所以，她的魂魄追随王文举上京。王文举指责她私自赶来有玷风化，她直言："他（老夫人）若是赶上咱，待怎么？常言道：做着不怕。"白朴的《墙头马上》中，李千金更加大胆直接，第一次与裴少俊在花园中初次相遇，就约他"今夜后园中赴期，休得失信"。待俩人约会被嬷嬷发现时，她镇定地要求"你放我两个私走了罢"。俩人连夜私奔，在裴家后花园生活了七年，生下一双儿女。裴尚书发现后，逼迫裴少俊写休书。李千金依然据理力争地反驳道："这姻缘也是天赐的。"

《西厢记》写崔莺莺从最初的犹豫不决到后来大胆与一介穷书生私下结合，正反映了元代封建礼教及伦理思想的松懈和女性追求自由爱情意识的抬头。老夫人知道莺莺失身之后，十分气愤。在红娘一番信义伦理的理论之下，加上"俺家无私法之男，再婚之女"，她只好答应崔、张两人的婚事。但出于维护家门声誉的考虑，她还是要求张生："明日便上朝取应去……得官呵，来见我；驳落呵，休来见我。""俺三辈儿不招白衣女婿"。在严酷的封建社会，这一点要求比起那些强行拆散鸳鸯的处罚可算得上宽容大量了。

时至今日，将《西厢记》视为淫书的禁令早已消除，昔日的诋毁纷争也未遮蔽其艺术光芒。

汤显祖与《牡丹亭》

汤显祖是明代中晚期最杰出的戏剧家，1550 年出生于江西临川，身历嘉靖、隆庆、万历三朝。少年时期的汤显祖才情绽露，“颖异不群”，有“汤氏宁馨儿”之美称。汤家为书香门第，家中藏书甚丰。汤显祖自幼爱好戏曲，能随口吟诵很多杂剧。万历十一年（1583 年），34 岁的汤显祖中进士，次年授官七品，开始仕途生涯。万历二十六年（1598 年），汤显祖辞官归隐。也是在这一年，他完成了传世杰作《牡丹亭》。

汤显祖像

《牡丹亭》写南安太守杜宝十六岁女儿杜丽娘，养在深闺，知书识礼，深受封建礼教熏陶束缚，从未踏出闺阁一步，除父母老师之外，不曾接触其他异性。一次游园踏春，杜丽娘梦见一折柳书生，由此引发情思，相思成疾，去世前自画像并题诗葬于梅花树下。三年后，书生柳梦梅赴试路经此地。丽娘鬼魂与之相见，因情还

《牡丹亭之婚走》版画

魂而生，并结为夫妻，二人同赴临安。恰逢杜宝被军兵围困，丽娘让柳梦梅前去探问，却遭到杜太守否认。柳梦梅被严刑鞭打之际，有人前来报柳梦梅高中状元。经过一番激烈争执与劝解，父女夫妻相聚团圆。《牡丹亭》问世后，立即引起社会各界的轰动。沈德符《万历野获编》说："汤义仍《牡丹亭梦》一出，家传户诵，几令《西厢》减价。"评价之高，可见其影响之大。

关于《牡丹亭》的故事来源，汤显祖在《牡丹亭·题词》中明确承认："天下女子有情宁有如杜丽娘者乎？梦其人即病，病即弥连，至手画形容传于世而后死。死三年矣，复能溟莫中求得其所梦者而生。……传杜太守事者，仿佛晋武都守李仲文、广州守冯孝将儿女事。予稍为更而演之。至于杜守收考柳生，亦如汉睢阳王收考谈生也。"

《牡丹亭》人物泥塑

这里提到的三个故事，分别出自稗官小说《太平广记》中的《法苑珠林》、《幽明录》、《列异传》。三者讲述的都是女子死而复生的故事。其中，李仲文的故事写李太守的亡女与某个男子结合；冯孝将的故事讲述冯太守的儿子帮助女鬼复生，并娶其为妻，还生下两个儿子；汉睢阳王收考谈生的情节则与《牡丹亭》杜太守收考柳梦梅的情节相似。

事实上，《牡丹亭》真正的祖本应是当时的话本《杜丽娘慕色还魂》。现存话本《杜丽娘慕色还魂》的全文收在明人何大抡的《重刻增补燕居笔记》。不过，早在嘉靖年间，进士晁瑮就在《宝文堂书目》中收录了这个话本，题为《杜丽娘记》，而在余公仁的《燕居笔记》中则名为《杜丽娘牡丹亭还魂记》。后人研究证实，《牡丹亭》基本情节与主要人物都与话本《杜丽娘慕色还魂》非常接近。虽然大部分曲词已被汤显祖修改润色，但也有原文直接引用的诗句，如杜丽娘的自题诗“近睹分别似俨然，远观自在若飞仙。他年得傍蟾宫客，不在梅边在柳边”，就被汤显祖一字不改地用于《牡丹亭》。

但也有不同的说法。如焦循在《剧说》中说《牡丹亭》的故事源于《马绚娘》，里面讲述马绚娘死后鬼魂复生的故事。他还认为，《牡丹亭》与元杂剧《碧桃花》、《倩女离魂》的情节都有相近之处。明人孟称舜看了《倩女离魂》后感慨道：“昔时《西厢记》，近日《牡丹亭》，皆为传情绝调，兼之者此剧（《倩女离魂》）乎！《牡丹亭》格调原祖此，读者当自见也。”显然，他也认为《牡丹亭》还魂复生的情节借鉴了郑光祖的《倩女离魂》。无论哪种说法都肯定了《牡丹亭》的创作吸收了众多民间故事传说，并在此基础上加以提炼，融入作者的主观创作意图整合而成。

明代中晚期，社会动荡，几代帝王沉迷于声色、丹术、迷信，朝纲松弛，宦官专权。自宋以来，封建礼教禁锢森严。至明代末年，虽然出现个性解放的反理学思潮，但处于社会底层，“存天理、灭人欲”的理学观念依然像“断井颓垣”一样压迫着无数男女。据载，明代的贞节牌坊是历代立得最多的。男女之间的自由结合被视为大忌，男女婚嫁须遵“父母之命，媒妁之言”，如此不合理的婚姻制度自然酿成了一出出爱情悲剧。《牡丹亭》显然是汤显祖对封建礼教的一次挑战与反叛，在当时引起轰动也是情理之中。

《牡丹亭》最精彩的一出是“惊梦”。封建礼教的严酷被汤显祖诉诸笔端，也表现了其对“至情”的执著。看透官场黑暗的汤显祖把大半生经历和感慨融诸笔端，也融入杜丽娘的灵魂与命运。杜丽娘面对满园春色、生机勃勃的后花园，内心掀起巨大波澜：“原来姹紫嫣红开遍，似这般都付与断井颓垣。良辰美景奈何天，赏心乐事谁家院。……朝飞暮卷，云霞翠轩；雨丝风片，烟波画船，锦屏人忒看的这

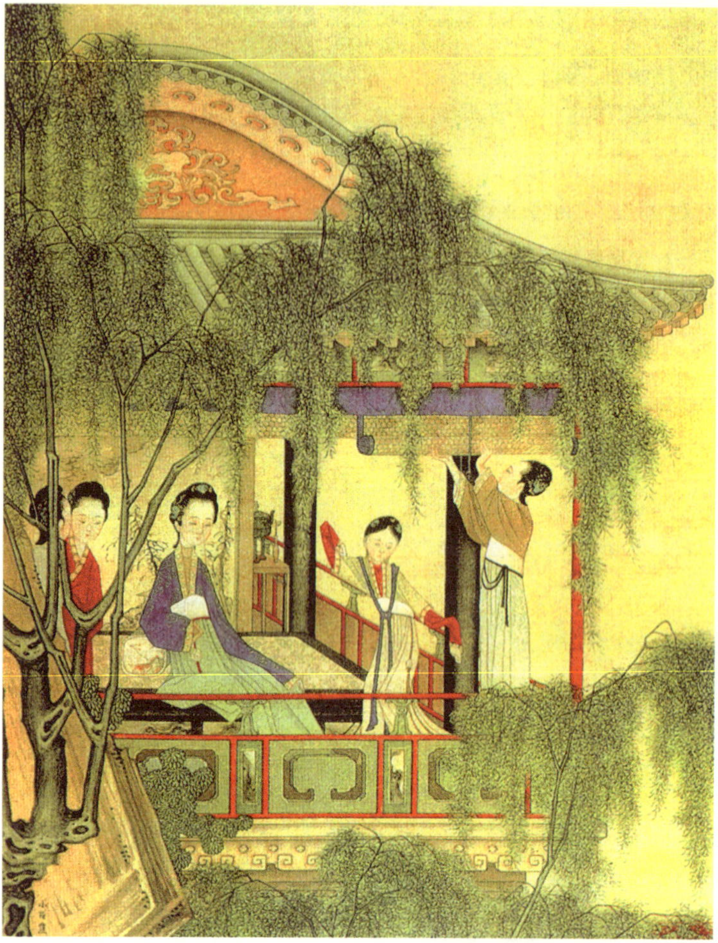

《仕女图》【局部】焦秉贞（清）

韶光贱！”这般美好春光，自己却被囚困深闺，不禁黯然神伤：“吾生于宦族，长在名门，年已及笄，不得早成佳偶，诚为虚度青春。光阴如过隙耳，可惜妾身颜色如花，岂料命如一叶乎！”，“这般花花草草由人恋，生生死死随人愿，便酸酸楚楚无人怨。”一边是后花园的满园春光，一边是青春流逝困于幽闺的无奈，杜丽娘在无法排遣的春情与眼前的自然美景中坠入了如痴如醉的春梦……实际上，这也是汤显祖在腐败官场备受压抑的写照。汤显祖在官场任职十五年，“以天下为己任”，施行仁政，厚生爱民，为百姓称道。可惜当时权贵横行霸道，官场污浊腐败。残酷的现实使他深感“世路之难，吏途殊迫”，最后毅然辞官归隐，在戏曲创作中追求自己的理想。

杜丽娘的感慨唱出了多少封建时代女子的心声，她们长期被禁于闺阁，对爱情与人生的渴望和向往正与杜丽娘相似。难怪娄江女子俞二娘在读《牡丹亭》后抑郁而终；杭州女伶商小玲演《牡丹亭》气绝身亡；冯小青感叹“人间亦有痴于我，岂独伤心是小青”……直至清代，《红楼梦》中的林黛玉仍为《牡丹亭》心痛落泪。

可见，杜丽娘的“至情”感动了一代又一代人。其实，至情的杜丽娘背后，正是至情的汤显祖。焦循《剧说》记载了一个汤显祖创作《牡丹亭》的小故事：“相传临川作《还魂记》，运思独苦。一日，家人求之不可得；遍索，乃卧庭中薪上，掩袂痛哭。惊问之，曰：‘填词“赏春香还是你旧罗裙”句也’。”汤显祖写《牡丹亭》情之所至，竟一个人躲在柴堆上掩面痛哭，可见其用情之深。《牡丹亭》问世后，汤显祖曾在家中搭建“四梦台”做为演出之用。对不能领会该剧主旨的演员，他曾作诗云：“玉茗堂开春翠屏，新词传唱牡丹亭，伤心拍遍无人会，自掐檀痕教小伶。”他又言：“词家四种，里巷儿童之技，人知其乐，不知其悲。”

这“悲”从何来？看来，汤显祖是另有所指的。1591 年 3 月，汤显祖因上疏《论辅臣科臣疏》抨击权贵，被贬谪广东徐闻县。9 月，汤显祖南下徐闻，途经江西吉安、赣州、大庾岭，11 月，从广州乘船经香山、澳门，到达雷州半岛。这次南下之旅，与《牡丹亭》的创作有极大关系。大庾正是《牡丹亭》故事的发生地——江西南安郡（今大

昆剧《牡丹亭》剧照（图片提供：FOTOE）

余县）。南安也是程朱理学发祥地，《宋史·道学传》记载宋明理学创始人周敦颐任职南安时，程颢、程颐二人曾拜他为师。此后，很多著名理学家也到此讲学。汤显祖选择理学发祥地作为杜、柳爱情发生地，这种安排不论是有心还是无意，都是对理学的一种讽刺与挑战。

《牡丹亭》还设计了苗舜宾这一人物。他仅凭识别珠宝成为得宠使臣，后来竟成为京城典试主考官。这里一方面对皇帝搜求珠宝进行讽刺，另一方面暗示明代科举之腐败黑暗。辞官归隐的前一年（1597年），汤显祖因统治者求黄金造成矿监扰民之事到北京“上计”。“上计”之行，使他对朝廷的腐败有了更深刻的了解，亦深感失望。对帝王一味贪求黄金，他在《感事》中写道：“中涓凿空山河尽，圣主求金日夜劳。赖是年来稀骏骨，黄金应与筑台高。”《明史·汤显祖传》载，张居正欲使其子及第，拉拢知名文士以彰显其子之势，两次均被汤显祖拒绝。因此汤显祖虽少年得志，但却参加了五次乡试，直到 34 岁（张居正去世后第二年）才以第三甲第 211 名次中进士。

自明代以来，有关《牡丹亭》的故事及研究数不胜数。汤显祖在世时，已有人将《牡丹亭》改编搬上舞台，还引发了轰动剧坛的“沈汤之争”。当时，戏曲界的两位大家汤显祖和沈璟之间存在着尖锐的分歧，即汤显祖批判了沈璟的声律论，而沈璟则改动了汤显祖的《牡丹亭》，两人水火不相容，甚至达到针锋相对的地步。1959 年，当代戏剧家田汉在临川“汤家玉茗堂碑”赋诗：“杜丽如何朱丽叶，情深真已到梅根。何当丽句锁池馆，不让莎翁在故村。”人们甚至将汤显祖与西方同一时代的莎士比亚相比较，认为两人是 16 世纪东西方剧坛上两颗璀璨的明星。2000 年 8 月 23—25 日，还在大连举办了“纪念汤显祖诞辰 450 周年国际学术研讨会”。可见，《牡丹亭》与汤显祖，已经超越了时代与国界，属于人类永恒的文化遗产。

孟称舜与《娇红记》

明末临川派戏曲家中，孟称舜受汤显祖的影响最深，成就也最大。孟称舜，字子塞、子适、子若，号卧云子、花屿仙史。会稽（今浙江绍兴）人。《会稽县志》说他是孟子的六十四世孙。他文名早负，却“屡举不第，发愤著书”，“述不得志而立言”，《乾隆松阳县志》记：“孟称舜……品方孤介，不肯与俗伍，不肯以私阿，力以励风俗、兴教化为己任……学富才敏，昕夕诵读不绝，寒暑著述无休。”明亡以后，他于清初顺治六年（1649 年）成为贡生，并担任松阳训导一职。科场的困顿，使他将满腔激愤寄情于词曲，表现愤世嫉俗的心理。孟称舜一生所作杂剧有《桃花人面》、《英雄成败》等六种，传奇有《娇红记》、《二胥记》、《贞文记》、《二乔记》、《赤伏符》等。

《娇红记》一名《鸳鸯冢》，完成于崇祯十一年（1638 年），是孟称舜的代表作。剧本演申纯与表妹王娇娘之凄绝爱情故事。青年书生申纯因落第到舅家小住，与表妹王娇娘一见钟情。申纯遣媒人提亲，被王娇娘父亲拒绝。申纯及第后，婚事得到应允。可惜，豪强帅家子倚势求亲，王父迫于权要，背弃前言。最后，王娇娘抱恨而终，申纯绝食而亡。申、王二人殉情后，王父悔不当初。王娇娘贴身丫鬟飞红提议王娇娘的父亲将两人合葬以成全其爱情。坟头有鸳鸯盘旋不去，“娇红记”与“鸳鸯冢”两个名称由此而来。

古往今来，爱情故事大致不脱才子佳人、一见钟情之俗套，又或书生及第、洞房花烛之模式。就算是王实甫的《西厢记》及汤显祖的《牡丹亭》，亦未能完全脱于此。《娇红记》出于其后，乃为北宋宣和年间的真实故事。自宋以来，故事流传已久。元代，清江人宋梅洞曾作小说《娇红传》以歌其事。由于小说《娇红传》“事俱而文深，非人莫能读”，并没有引起人们的注意。后王实甫将其改成杂剧《娇红记》之后，方为世人广泛传播。这一故事也成为元明戏曲家创作的热点题材。

可惜，王实甫剧已失传。杂剧《娇红记》虽佚，但明初的郲经在《北词广正谱》中收有《玉娇春》一剧的残曲，被认为是写申纯与王娇娘故事。而且其剧全名为《玉娇春死葬鸳鸯冢》。元末明初的戏曲家金文质与散曲家汤式所合写的杂剧《娇红记》也仅存剧目，大概是对王实甫《娇红记》的修改与延伸。《录鬼簿续编》记其题目为“判仙凡彩笔木兰词”，正名为“誓死生锦片娇红记”。在此剧的末尾，申王两人感动上苍，成就姻缘。明初戏曲家刘东生也作杂剧《金童玉女娇红记》，但其剧本在中国失传，幸在日本有存本，后来被郑振铎主编的《世界文库》以影印形式刊行。同样，明初沈受先改编的《娇红记》亦已失传。

娇娘像

到了明末，孟称舜再次将申、王故事写成

传奇《娇红记》，全名《节义鸳鸯冢娇红记》。孟称舜在该剧的《题词》中说："传中所载王娇、申生事，殆有类狂童淫女所为，而予题之'节义'，以两人皆从一而终，至于没身而不悔者也。两人始若不正，卒归于正，亦犹孝巳之孝，尾生之信，豫让之烈，揆诸理义之文，不必尽合，然而圣人均有取焉"。兵部尚书王业浩的《鸳鸯冢序》称赞其节义说："且阿娇非死情也，死其节也；申生非死色也，死其义也。两人争遂其愿，而合于理之不可移，是《鸳鸯记》而节义之也，正为才子佳人、天荒地老不朽之净缘，以视紫玉、韩童辈，胜气更凛凛冽冽。" 孟称舜既耽于科举，为人刚正不阿，不与世俗合，愤世之情转而以词曲出之。《娇红记》之节义其实也是其"励风俗、兴教化"之举，但又直指明末的黑暗现实。

《娇红记》的"情"正以"理"出。申纯虽科举及第，却无奈豪门帅子的夺婚。孟称舜借此告诉人们：即使申纯中了状元，在黑暗的社会仍然无法保障自己的爱情。明末天启、崇祯以来，明王朝走向衰落。黑暗的科举考场，钱财压倒了真才实学，正如剧中所唱"昭文馆闭门，便长沙哭倒，谁瞅谁问？凤凰池上，立着一队不识字猢狲。奶腥胎发尚犹存，说地谈天胡论文，登高第，居要津，几曾都是读书人？钱财少，才学真，到头终老做刘蕡"、"如今世上那有圣贤，举人便是贤者，进士便是圣人。做到大官，也只造些房儿，占些田儿，娶些妾儿，写些大字帖儿，装些假道学腔儿，父兄子弟们使些势儿罢了！"这些赤裸裸的指斥，正是生活的真相。再听听封建婚姻桎梏之下的男女心声："婚姻儿怎自由，好事常差谬。多少佳人，错配了鸳鸯偶。夫妻命里排，强难求，有几个美满恩情永到头？有几个鸾凰搭上鸾凰配？有几个紫燕黄鹂误唤俦？相邂遇，人生福慧总双修。问天公，一霎风流，怕无分也难消受。"

《娇红记》获赞并非因为披上了"节义"外衣，而是两人爱情的

《娇红记之申纯出行》版画

“从一而终”。王娇娘与犹豫不决的崔莺莺、因梦而亡的杜丽娘都不同。她既知“古来多少佳人，匹配非材，郁郁而终”，便决心“宁为卓文君之自求良偶，无学李易安之终托匪材”。当她遇见申纯之后，并没有被爱情冲昏头脑，而是冷静而理智地告诉自己“与其悔之于后，岂若择之于初”。而申纯与丫鬟飞红的打情骂俏，恰是现实真实的反映，也是王娇娘考验申纯的机会。她一心追寻“但得个同心子，死同穴，生同舍，便做连枝共冢，共冢我也心欢悦”，最终也只能死而合冢。相对于《西厢记》的“愿普天下有情的都成了眷属”，《牡丹亭》的“情不知所起，一往而深，生者可以死，死者可以生”，《娇红记》在剧末点出“死生交，鸾凤友，一点真诚永不负。则愿普天下有情人做夫妻呵，一一的皆如心所求”。正是这一点真诚，使传奇《娇红记》焕发出动人的光彩。它是对前两者的超越，也是对传统“父母之命、媒妁之言”束缚的冲击。

《娇红记》词曲华美，自然流利，历来为人们称道。《泣舟》一出，申纯与病中的王娇娘做最后的离别，“今日个生离别，比着死别离情更切”。两人互诉衷情，情意依依，场景渲染得凄凄切切，末尾连缀三支同曲牌，均以“一声声肠寸绝，一言言愁万叠”作结，“归舟满眼伤愁绝，听何处离鸿哀咽”。明代戏曲理论家祁佳彪的《孟子塞五种曲序》说：“昔人谓梨园弟子有能唱孟家词者，其价增重十倍。”王业浩《鸳鸯冢序》云：“至其摛词遣调，隽倩入神，据事而不幻，沁心而不淫，纤巧而不露，酸鼻而不佻，临川（汤显祖）让粹，宛陵（梅鼎祚）让才，松陵（沈璟）让律，而吴苑玉峰（王玉峰）输其浓至淡荡，进乎技矣。”

孟称舜没有像《牡丹亭》一样借幻想来实现爱情的团圆，而是以合葬之形式来表明现实之残酷。坟前的那一对鸳鸯，分明就有《孔雀东南飞》中刘兰芝和焦仲卿及梁山伯与祝英台故事的影子。当年陈洪绶点评《娇红记》曰：“泪山血海，到此滴滴归源；昔人谓诗人善怨，此书真古今一部怨谱也。”世人皆知有《西厢记》、《牡丹亭》，却未识古今“怨谱”《娇红记》，实是一大遗憾。

1982 年，王季思将孟称舜的传奇《娇红记》收入其《中国十大古典悲剧集》，《娇红记》开始为更多人所关注。及至后来，现代研究者纷纷将其作为研究课题，《娇红记》的价值也逐渐得到肯定。

《芙蓉鸳鸯图轴》张中（元）

李渔与《风筝误》

李渔，字笠鸿，号笠翁，别署笠道人，浙江兰溪人。清代光绪年《兰西县志》说他“少壮擅诗古文词，著有才子称”，曾居杭州西湖，因喜欢与山水为邻，故号“湖上笠翁”。李渔一生，左手传奇，右手小说，才艺出众，兴趣广泛，园林、养生、饮食、服饰等领域皆有所涉猎。作为戏曲家的李渔，因精于谱曲，时人称之“李十郎”。其所作传奇十六种，今存十种，总题《笠翁十种曲》，几乎都是婚恋爱情喜剧。《毗梨耶室杂记》云：“笠翁词曲，有盛名于清初。十曲初出，纸贵一时。”他一生好遨游，“所交多名流才望”，“天下妇人孺子无不知有湖上笠翁”。

李渔像

《笠翁十种曲》中，《风筝误》是其代表作，最为脍炙人口。它借鉴阮大铖的《春灯谜》和《燕子笺》，以风筝为线索展开故事。剧本一开篇，就说“好事从来由错误……若要认

风筝

真才下步，反因稳极成颠仆。更是婚姻拿不住。欲得娇娃，偏娶强颜妇。横竖总来由定数，迷人何用求全悟”。由此定下阴差阳错、弄巧成拙、巧合误会的喜剧基调。书生韩世勋父母双亡，被父亲好友戚补臣收为养子。戚友先为戚补臣亲生子，不学无术，风流成性。戚补臣又与詹烈侯为世交，詹烈侯夫人早丧，留有二妾，各有一女。长女詹爱娟貌丑才疏，二女詹淑娟才貌双全。《风筝误》一剧围绕放风筝一事，写韩世勋和詹淑娟之间阴差阳错的爱情故事。先是戚友先放的风筝，落在詹淑娟的院子里。因风筝上有韩世勋的题诗，詹淑娟见诗，便和诗其上。韩世勋见詹淑娟之诗而情动，又特意在风筝上题诗试探。可惜这次风筝落在詹爱娟的院子，误会由此而生。詹爱娟冒充詹淑娟约韩世勋前来幽会，韩世勋假戚友先之名赴约。两人相见，詹爱娟急色粗陋，韩世勋惊丑而逃，心有余悸。此后，韩世勋高中状元。戚补臣当初受詹烈侯为二女寻婚配人家之托，分别为戚友先与詹爱娟、韩世勋与詹淑娟订下亲事。韩世勋以为自己娶的是貌丑的詹爱娟，百般推托，新婚夜连看都不肯看新娘一眼。詹淑娟向母亲诉说，其母质问韩世勋缘由，一番盘问查证之后，误会消释，才子美人终得欢乐成佳偶。

《风筝误》的创作主旨，可用其剧末的题诗作注："传奇原为消愁设，费尽杖头歌一阙；何事将钱买哭声，反令变喜成悲咽。惟我填词不卖愁，一夫不笑是吾忧；举世尽成弥勒佛，度人秃笔始堪投。"事实上，"惟我填词不卖愁，一夫不笑是吾忧"，也是李渔一生的创作追求。他一直强调，戏曲创作"无奇不传"。他的戏曲理论专著《闲情偶寄》记曰："古人呼剧本为'传奇'者，因其事甚奇特，未经人见而传之，是以得名。可见非奇不传。新，即奇之别名也。"在另一传奇中，他又指出，传奇应具有三美："曰情，曰文，曰有禅风教。情事不奇不传；文词不警拔不传；情文俱备，而不轨乎正道，无益于劝惩，使观众听者哑然，一笑而遂已者，亦终不传。"其戏曲和小说情节新奇而富趣味。他自言："若稗官野史则实有微长，不效美妇一颦，不拈名流一唾，当世耳目为我一新。使数十年来无一湖上笠翁，不知为世人减几许谈锋，增多少瞌睡！"

李渔的创作追求，与他的人生经历及所处的时代有极大渊源。万历三十九年（1611 年），李渔生于江苏如皋，一生经历明清两朝。李家累世学医，其父李如松是"出外商贾者"。医家在兰溪的社会地位不高，长辈将光宗耀祖的希望寄托在李渔身上。据说李渔出生时，母亲怀胎十一个月，分娩前肚子痛了三天三夜，仍未分娩。有一位白发长者路过此地，说李家房子太阴暗，风水地盘太轻，托不起肚子里"星宿降地"的胎儿。于是，家人把李渔母亲抬到村子的总祠堂，李渔才出生。长者说，这个婴儿不是凡胎，是"仙之侣，天之徒"，于是取名仙侣，号天徒。

浙江兰溪芥子园（图片提供：FOTOE）

芥子园地处兰溪市兰荫山山麓，为纪念清代著名的戏剧家、戏剧理论家、小说家李渔而建。

李渔自小勤奋好学，“襁褓识字，总角成篇，于诗书六艺之文，虽未精穷其义，然皆浅涉一过”。每年，他都在家门前的梧桐上刻诗，告诫自己勿虚度光阴。他十五岁那年刻的诗云：“小时种梧桐，桐本细如艾。针尖刻小诗，字瘦皮不坏。刹那三五年，桐大字亦大。桐字已如许，人长亦奚怪。好将感叹词，刻向前诗外。新字日相催，旧字不相待。顾此新旧痕，而为悠忽戒。”

李渔出生时，家中境况尚富裕。崇祯二年（1629 年），其父病逝，家道衰落，李渔一家搬回原籍浙江兰溪县。此时李渔已成婚，在兰溪一边入学读书，一边供奉母亲。崇祯八年（1635 年），他第一次参加童生试，为当时浙江提学副使许豸赏识，成为秀才。三年后，他进入金华府学攻读举业，次年应乡试不第。崇祯十五年（1642 年），明朝最后一次乡试，李渔应试途中因遇兵荒警报而返。这两次乡试，他分别作了《榜后柬同时下第者》和《应试中途闻警归》诗。前者暗寓考官的不公，后者表达出了因时世动乱未能获取功名而不能为国尽力的焦急。此后，李渔不再参加科举。他在《清明日扫先慈墓》一诗表达了自己未能实现父辈愿望而感到惭愧：“三迁有教亲何愧，一命无荣子不才。人泪桃花都是血，纸钱心事共成灰。”

崇祯十七年（1644 年），明清易代。李自成起义军攻占北京，明王朝覆灭。此后两年，清兵攻占南京，又南下攻打金华。金华、兰溪一带经受战火洗礼，几成废墟。李渔的家在战火中被烧毁，全家避乱山中。他目睹战争之慌乱及逃难之艰辛，深感“其出生于死，皆在斯须倏忽之间”。战乱结束后，李渔回到了兰溪下李村。此时他对功名已无所求，认为自己既非“仙侣”，也不是“天徒”，“我不如人原有命，人能恕我为无官”。所以，他为自己改名李渔，字谪凡。这一转变，对他后来的戏曲创作有极大影响。

入清后，李渔隐居伊山，买地置草堂，美其名曰“伊山别业”。归农学圃三年，他放下功名，种花养草，与友人吟咏唱和，享受自然山色。不过，这样的日子并不长久，为了养家糊口，他还是要另寻谋生之道。而且，他也感叹自己“著述年来少，应惭没世称”，希望能在文学上有所作为。顺治八年（1651 年），他被族人推选为兰溪祠堂“总理”。次年，他卖掉了伊山的产业，全家移居杭州，开始了“卖赋以糊其口，吮毫挥洒怡如”的创作生涯。

李渔之所以选择戏曲和小说作为谋生之道，是综合考虑了众多因素的结果。他认为“天生一人，必备一人之用”，只要懂得一门技艺，不管是为官还是农圃小贩，都能够解决温饱问题而生存于世。然而，当时的社会是以诗文为正统的，戏曲、小说被视为小道或小技。李渔却指出，《琵琶》、《西厢》、《还魂》等剧作者，均“以填词而得名”，“由是观之，填词非末技，乃与史传诗文同源而异派者也”。戏曲经过元明两代的发展，已培养了大批的观众。明代嘉靖年间昆山腔改良后，更促进了戏曲的广泛传播。明代商品经济发展，市民阶层的娱乐需求大增。明中叶以后，话本小说兴盛，市井勾栏繁盛，市场空前扩大。从李渔自身来看，他精通音律，又擅填词。他说自己“生平有两绝技”，乃“辨审音乐”和“置造园亭”。“惟嗜填词，每多撰著，海内共见之矣。设处得为之地，自选优伶，使歌自撰之词曲，口授而躬试之……可使迥异时腔……为往时作者别开生面，此一技也”。

《纨扇仕女图》闵贞（清）

既有经济收益，又能发挥自己所长，李渔很快就投入到勤奋的戏曲和小说创作中。移居杭州不久，他就创作出了传奇《怜香伴》、《风筝误》。此后，《意中缘》、《玉搔头》等传奇和《无声戏》、《十二楼》等小说相继问世。他创作的速度非常快，常常十几天就可完成一剧，有时还边写边交给戏班排演。正如《风筝误》所说“唯我填词不卖愁，一夫不笑是吾忧”，李渔非常注意观众与读者的娱乐趣味，在情节设置上常常采用巧合、误会来达到娱乐大众的目的。他坦言：“不肖砚田糊口，原非发愤著书；笔蕊生心，匪托微言以讽世。”这种有别于传统的创作精神，符合当时市民的欣赏趣味，因而每次他的作品问世，都非常受欢迎。《风筝误》流传民间十几年后，“其刻本无地无之”。李渔的名字也家喻户晓，“天下夫人孺子，无不知有湖上笠翁”。

李渔戏曲小说的大受欢迎，也催生了书商盗版翻刻的行为。他对书商的侵权行为十分生气，“至于倚富恃强，翻刻湖上笠翁之书者，六合以内，不知凡几。我耕彼食，情何以堪！誓当决一死战，布告当事！”为了防止自己的书被盗版，李渔在家门口开了一间书店，名曰“芥子园”。此外，他还组织建立了家庭戏班，经常带着家班到达官贵人家演出“打抽丰”。他有意避开了社会政治问题，专写婚恋爱情家庭题材，迎合了市民娱乐之需。但同时，也滋生了戏曲文学趋于媚俗的倾向。但作为一种时代潮流，李渔的社会风情喜剧在清初剧坛仍然占有一席之地。

神魔篇

历史，是现实的一面镜子。以古为鉴，不仅可知兴替，还可垂诫后世，故历史剧多寓借古喻今之意。神魔戏的最大特色在于，通过大胆想象创造出神怪妖魔的幻化世界，赋予角色超现实的力量，满足人们追求美好生活的愿望。

这些神魔戏，有的借此寓意现实社会的忘恩负义，具有强烈的批判色彩；有的借此揭露佛道与官场的虚伪黑暗，或暗指人才被埋没的现实；还有的借此串联起人神两界，具有浓郁的浪漫气氛，寄寓了人们对美好爱情的向往。

尚仲贤与《柳毅传书》

元代戏曲家尚仲贤写的杂剧《柳毅传书》是一出广泛流传的神话戏。作家的生平事迹记录不多，《录鬼簿》记他是真定人，与白朴是同乡。袁行霈主编的《中国文学史》说他“曾任江浙省务提举，后弃官归去”。他创作的十种杂剧，只有《洞庭湖柳毅传书》（即《柳毅传书》）、《汉高祖濯足气布英》、《尉迟恭三夺槊》三种留存下来，以《柳毅传书》最为著名。

《柳毅传书》讲述书生柳毅为龙女传书的故事。洞庭龙君的女儿三娘与丈夫泾河小龙感情不和，被罚到泾河边牧羊。书生柳毅上京赴考落第，途经泾河，与牧羊的龙女相遇。柳毅对龙女的遭遇深表同情，答应为她传家书给洞庭龙君。洞庭君的弟弟钱塘君得知龙女遭遇后大怒，马上率领手下水卒攻打泾河小龙。钱塘君获胜，龙女被救出。洞庭龙君隆重答谢柳毅，钱塘君提议将龙女许配给柳毅，被柳毅拒绝。柳毅回家后，母亲已为他娶卢氏之女为妻。新婚之时，卢氏女向柳毅说明自己正是龙女托身，并将柳毅和他的母亲带回洞庭湖，终得人神团聚。

《柳毅传书》的故事并非作者首创，早在唐代就有传奇小说《柳毅传》。《柳毅传》的作者李朝威，大约是唐代中期人，生卒已不

《洞庭湖柳毅传书》版画

可考。该故事收录于宋代季昉所编的《太平广记》，原题目为《柳毅》，并没有“传”字。明人胡应麟评曰：“唐代传奇小说，如《柳毅》……撰述浓至，有范晔、李延寿之所不及。”《太平广记》两次提到柳毅传书之事：卷三一一写萧旷“因语织绡曰：近曰人世或传柳毅灵姻之事，有之乎？女曰：十得其四五尔，余皆饰词，不可惑也”；卷四九二《灵应传》记：“泾阳君与洞庭外祖世为姻戚，后以琴瑟不调，弃掷少妇，遭钱塘之一怒，伤生害稼，环山襄陵。……史传具存，固非谬也。”

柳毅传书的故事在民间广泛流传。宋代著名诗人范成大的著作《吴郡志》有柳毅井和柳毅桥的传说。此后，宋代郎晔的《经进东坡文集事略》、胡稚的《笺注简斋诗集》都提及柳毅传书之事，周密的《武林旧事》收录宋杂剧《柳毅大圣乐》剧目；明代徐渭的《南词叙录》收录宋元南戏《柳毅洞庭龙女》戏目。胡应麟《少室山房笔丛》记："何仲默每戒人用唐宋事，而有'旧井潮深柳毅祠'之句，亦大卤莽。今特拈出，为学诗之鉴。黎惟敏……有'封书谁识洞庭君'之句，暗用柳毅而不露。"明人曾将《柳毅传》改编为传奇《龙绡记》和《桔浦记》。清初，李渔还把它改为传奇《蜃中楼》。

从唐传奇《柳毅传》到元杂剧《柳毅传书》，柳毅故事有所发展。"传奇"在唐代主要指短篇小说。国学大师汪辟疆的《唐人小说•序列》云："唐人小说，元明人多取其本事，演为杂剧传奇。"唐传奇多演妖魔神怪之事，具有浓厚的神话色彩。中国神话故事起源于上古时期，《山海经》就保留了很多远古神话，如刑天舞干戚、夸父逐日、精卫填海等。其中很多都是奇形怪状的动物，或具有人与动物的特性。《柳毅传》写龙女的故事，与远古神话一脉相承。

"龙"在中国被视为吉祥之物，中国人也自称为"龙的传人"。据说"天地初立"时，就有天皇氏、地皇氏、人皇氏等，地皇"兴于熊耳、龙门"，人皇"乘云车，驾六羽、出谷口"。中国古代有"云从龙，风从虎"之说，所以乘云车就是乘龙车。司马迁《史记•三皇本纪》记载："自人皇已后，有五龙氏。"到了汉代，则有刘邦之母因"梦与神遇，是时雷电晦冥，太公往视，则见蛟龙于其上，已而有身，遂产高祖"的记载。在印度，龙与印度佛教结合成龙王那迦。

唐代，龙变成一种凶猛的庞然大物。《太平广记》的《韦氏》记："忽于岩谷中，见光一点如灯，后更渐大，乃有二焉。渐近，是龙目也。韦惧甚，负石壁而立。此龙渐出，可长五六丈。至穴边，腾孔而出。顷又见双眼，复是一龙欲出。"最早描写龙女故事的是佛经。《法华经•提婆达多品》记："有婆竭罗龙王女，年始八岁，智慧利

《柳毅传书之泾河岸三娘诉恨》版画

根，善知众生诸根行业……于刹那顷发菩提心，得不转退。”“儿时龙女有一宝珠，价值三千大千世界，持以上佛，佛即受之……”唐以后，龙女的形象逐渐由“体长多鳞”的怪兽转变为具有人之性情的美貌女子。

唐传奇《柳毅传》对龙女的相貌描写不多，但已体现出貌美的特征。柳毅第一次在泾河边见到牧羊的龙女时，虽然龙女面容憔悴，但“毅怪视之，乃殊色也”。不过，柳毅为龙女传书并非为美色，而是“仆始见君子，长泾之隅，枉柳憔悴，诚有不平之志，然自约其心者，达君之冤，余无及也”。龙女的不幸遭遇宛然一位楚楚可怜的弱

洞庭波兮山嶢嶪川可濟
兮不可以涉木蘭為舟兮
桂為楫渺余懷兮風一
葉
子昂
三湘七澤香難兮恍
見激風落葉紛誰識
王孫多意緒月明渡
冷弔湘君

《洞庭东山图》赵孟頫（元）

女子："蛾脸不舒，巾袖无光，凝听翔立，若有所伺。"当龙女被救回龙宫后，她的外貌描写更是生动传神："俄而祥风庆云，融融怡怡，幢节玲珑，箫韶以随，红妆千万笑语熙熙"，"自然娥眉，明铛满身，绡珲参差"，"然若喜若悲，零泪如丝，须臾，红烟蔽其左，紫气舒其右，香气环旋，入于宫中"。这时的龙女像一位大家闺秀，回到宫中便入后宫而不出，直到洞庭君要她拜谢柳毅时才露面。与柳毅在宫中相见时，她只是对柳毅表示感谢，并没有流露出爱情。

尚仲贤的《柳毅传书》中，龙女的外貌发生了很大变化。与柳毅初遇时，龙女"衣裳褴褛，容貌焦枯"，全然不见昔日"翠鬟高插水晶梳"的高贵气质。柳毅拒绝洞庭君的招婿提议，正是因为龙女不够漂亮。他"想着那龙女三娘，在泾河岸上牧羊那等模样，憔悴不堪。我要她做什么！"这么直接而赤裸裸的"慕色"之心，使他断然拒绝了与龙女的亲事。但是，他没想到回宫后，龙女精神恢复，容颜气色大有好转。所以，当龙女出来答谢时，他就后悔了，只好频频对龙女眉目传情："我这里两眉颦，他则待暗传芳信。对面的辞了亲，就儿里相逗引。"

而且，龙女的性格也与《柳毅传》不同。《柳毅传》的龙女，虽敢反抗丈夫泾河小龙的虐待，但对爱情缺乏追求的勇气和行动。她请求柳毅传书时，就答应日后报答柳毅。这种知恩图报的心理，行动上表现为发誓嫁给柳毅为妻，坚决表明"父母欲配嫁于濯锦小儿某，惟以心誓难移"。柳毅回家后，在家中娶了两任妻子。虽然第三任妻子正是龙女化身，但她并没有一开始就表明身份。直到他们的儿子满月，她才向柳毅说明自己是龙女托身。龙女的隐忍与忠贞背后，有着唐代妇女的影子。唐代的女性地位低下且没有法律保障，唐传奇《莺莺传》的崔莺莺最后就被人抛弃。这除了门户和身份偏见，还有女性社会地位低下的原因。龙女不敢表明身份，也有怕因自己是"异类"

而被弃的担心。

元代女性对爱情的追求大胆得多。元杂剧也有很多敢于追求爱情的女性，如《西厢记》中的崔莺莺、《墙头马上》的李千金。元代，蒙古族的入侵对传统儒家礼教产生了一定的冲击。元初思想界出现自由、开放的迹象，并通过文学作品反映出来。《柳毅传书》的龙女大胆直率，对爱情的追求与表白也更直接。她敢大胆说出自己对爱情的渴望："俺满口儿要结姻。"柳毅离开洞庭湖时，钱塘君再次劝柳毅答应婚事："秀才，你便就了这桩亲事，也不辱没了你。"龙女却表现得刚烈而有个性："还卖弄剑舌枪唇，兀的不羞杀你大媒人。"后来，龙女与柳毅结合，也不是柳毅再娶之后。柳毅回到家中，母亲已为他定下与卢氏女的婚事。新婚之时，卢氏女就向柳毅表明了自己乃龙女的身份。龙女的这一转变，虽然与杂剧的体制特点有关，也反映出不同的时代思想在女性身上的变化。

元初废科举，杂剧作家长期与社会底层接触，同时受到社会世俗气息的熏染。因而，《柳毅传书》的人物、语言等也明显带有世俗化和平民化倾向。它融合了方言俚语，更加本色自然。明代朱权的《太和正音谱》评曰："尚仲贤之词如山花献笑。"《柳毅传书》本色当行的语言，与其所写的人神相恋故事，都带有浓厚的民间色彩，这也是它长期深受广大民众喜爱的一个原因。

李好古与《张生煮海》

2002 年冬，有人在河北定州的地摊上发现两面铜镜。镜面的图案为：一轮新月，流云缕缕，大海波涛汹涌。书生端坐于大树下，书童蹲在地上正起劲儿地用扇子扇银锅下的火。一名仙女般的女子正凌波而来，身后的侍女手捧净瓶紧随其后。这一情景充满了诗情画意，美妙动人。有识之士很快就认出，这是元杂剧《张生煮海》的故事。那书生正是剧中男主角张羽，女子则是东海龙女琼莲。

《张生煮海》全称《沙门岛张生煮海》，其故事源头已无法考究，一般都认为是来源于民间的故事传说。作者李好古是元代戏曲家，天一阁本《录鬼簿》记其所撰杂剧三种，分别为《赵太祖镇凶宅》、《沙门岛张生煮海》、《巨灵劈华岳》，今存《沙门岛张生煮海》一种。元代陶宗仪《辍耕录》记载的金院本杂剧剧目中有《张生煮海》，但原剧本已佚。《录鬼簿》也记载，元杂剧《柳毅传书》的作者尚仲贤也写过《张生煮海》，可惜剧本也没有留存下来。但他创作的《柳毅传书》与李好古的《张生煮海》被称为元杂剧神话戏“双璧”。

《张生煮海》写瑶池会金童玉女有思凡之心，被下罚人间投胎，化身书生张羽与龙女琼莲。书生张羽在东海石佛寺借宿，夜晚抚琴散心。东海龙王第三女琼莲与侍女夜游东海，被张羽琴声吸引而来。两

《沙门岛张生煮海》版画

人一见倾心，张羽欲以琼莲为妻，琼莲约他八月十五中秋节前来家中招他为婿。事后，张羽寻找龙女迷路，在沙门岛海岸遇见一道姑。道姑赠他三件宝物：银锅一只，金钱一文，铁勺一把。按道姑指点，张羽用铁勺舀东海水，金钱置银锅中，锅中水煎一分，东海水去十丈。龙王果然不堪煎熬，被迫招他为婿。张羽与龙女团圆之际，龙女唱出“愿普天下旷夫怨女便休教间阻，至诚的一个个皆如所欲”后，双双携手登仙而去。

与《柳毅传书》相比，《张生煮海》里书生张羽与龙女琼莲因琴结缘，以才情胜于美色，但求心意相通，格调似乎更高一层。龙女的形象也被赋予更多人的特性。琼莲出场时，她的容貌通过侍女之口说出：“姐姐，你本海上神仙，这容貌端的非凡也。”接着，龙女自唱

《张生煮海之石佛寺龙女听琴》版画

道："风飘仙袂绛绡红，则我这云鬟高挽金钗重，蛾眉轻展花钿动；袖儿笼，指十葱，裙儿簌，鞋半弓。只待学吹箫同跨丹山凤，那其间，登碧落，趁天风。"可见，容貌描写已比《柳毅传书》大大增加。

不过，更精妙的还在于龙女对张羽琴声的欣赏。作者连用数段唱词来展现龙女的"知音"："听疏剌剌晚风，风声落万松；明朗朗月容，容光照半空；响潺潺水冲，冲流绝涧中。又不是采莲女拨棹声，又不是捕鱼叟鸣榔动；惊的那夜眠人睡眼朦胧。"此段先写初听琴声，以月色、风声与水流作比喻，映衬当时东海月夜之境，绝妙空灵。又以采莲女或捕鱼叟相否定，一个"惊"字将龙女心中之情全然托出。

"又不是拖环佩，韵丁咚；又不是战铁马，响铮鏦；又不是佛院僧房，击磬敲钟：一声声唬得我心中怕恐；原来是厮琅琅，谁抚丝桐。”连用三个“又不是”写龙女识音之才，由“惊”到“怕恐”，情感由浓至烈。及至听出为琴音，她便马上领悟其中深情：“他一字字情无限，一声声曲未终；恰更似颤巍巍金菊秋风动，香馥馥丹桂秋风送，响珊珊翠竹秋风弄。咿呀呀，偏似那织金梭撺断锦机声；滴溜溜，舒春纤乱撒珍珠迸。”“情无限”，“曲未终”，龙女心中之情亦渐入佳境，人间美妙，音情无限。

待见到是一个典雅的秀才，由声及人，龙女终于情到实处：“表诉那弦中语，出落着指下功，胜檀槽慢搊轻拢。则见他正色端容，道貌仙丰。莫不是汉相如作客临邛，也待要动文君，曲奏求凰凤；不由咱不引起情浓。你听这清风明月琴三弄，端的个金徽汹涌，玉轸玲珑。”昔日司马相如作客临邛，弹奏一曲凤求凰，卓文君听琴芳心动。如今，书生抚丝桐，龙女琼莲不由得“引起情浓”。

她毫不掩饰地称赞张生：“端的心聪，那更神工。悲若鸣鸿，切若寒蛩，娇比花容，雄似雷轰，真乃是消磨了闲愁万种。这秀才一事精，百事通。我蹑足潜踪，他换羽移宫；抵多少盼盼女词媚涪翁，似良宵一枕游仙梦。因此上偷窥方丈，非是我不守房栊。”盼盼是宋代泸州的一名官妓，涪翁是宋代著名诗人黄庭坚的号。据说两人曾相互作词唱和，黄庭坚在一首诗中将盼盼比作巫山神女。北宋僧人惠洪的《冷斋夜话》载：“黄鲁直登荆州亭，柱建有此词，鲁直凄然曰：似为余发也。笔式类女子，又有泪眼不曾晴之语，疑其鬼也。是夕，有女子见梦曰：我家豫章吴城山，附客舟至此，堕水死，等江亭有感而作，不意公能识之。鲁直惊曰：此必吴城小龙女。”此处喻龙女琼莲夜遇弹琴的张羽。

从龙女听琴这一情节，还可引出一大发现：《张生煮海》故事原型脱胎于杂剧《西厢记》。书生张羽与《西厢》之张君瑞，两人境况甚似：都是穷书生，父母双亡，功名未就，借宿寺院，偶遇佳人。龙女好比崔莺莺：家门显赫，一个为东海龙王之女，一个是相国千金，才艺双全，容貌倾城，两人爱情路上都有阻拦者。东海龙王好比封建家长的代表老夫人，而侍女翠荷可比红娘。同为元代的爱情故事，《西厢记》写才子佳人相恋，《张生煮海》虽名为人神相恋，实际上也是写人。张君瑞初见崔莺莺，便自报家门，且特意说明自己“并不曾娶妻”。张羽一见琼莲也有“并无妻室”的自我介绍，还直接提出婚姻要求：“小娘子不弃小生贫寒，肯与小生为妻么？”龙女答曰：“我见秀才聪明智慧，丰标俊雅，一心愿与你为妻；……前来我家，招你为婿。”男方第一次见面就直接求婚，女方也敢说出自己的爱意，比之《西厢记》的试探与相思更直接。人有了神的外衣，对情的追求也

《伯牙鼓琴图》【局部】 王振鹏（元）

变得大胆而不加掩饰。不过，也可看作是作者思想观念更为开放。

龙女听琴一出，与崔莺莺月夜听琴有异曲同工之妙。崔莺莺听琴一事，源起于《西厢记诸宫调》。崔、张故事本于元稹的《莺莺传》。《莺莺传》写莺莺“异时独夜操琴，愁弄凄恻，张窃听之；求之，终不复鼓矣”。莺莺第二次弹琴是与张生离别时，弹的是《霓裳羽衣序》。到董解元的《西厢记诸宫调》，才出现张生弹琴的场景：“张生操琴歌曰：‘有美人兮见之不忘，一日不见兮思之如狂。凤飞翙翙兮四海求凰，无奈佳人兮不在东墙……’其辞哀，其意切，凄凄然如别鹤唳天。莺闻之，不觉泪下。但闻香随气散，情逐声来。生知情感其心，推琴而起。”张生所歌正是司马相如所奏的《凤求凰》。王实甫《西厢记》写莺莺听琴时亦有此情节。

司马相如为汉代著名文人，传说他曾与卓文君相恋私奔。“文君听琴”最早见于《史记·司马相如列传》。司马相如在梁孝王死后回到故乡，家贫，得临邛令王吉相助，认识富豪卓王孙之女卓文君。当时，文君新寡，司马相如知道文君好音，故意以琴心挑之。文君“窃从户窥之，心悦而好之，恐不得当也。既罢，相如乃使人重赐文君侍者通殷勤。文君夜亡奔相如，相如乃与驰归成都。”《西厢记诸宫调》、《西厢记》和《张生煮海》，都引用了文君听琴这一典故，可见相如与文君的故事影响深远。

在元代爱情剧中，写“听琴”的就有白朴的《董秀英花月东墙记》、吴昌龄的《张天师断风花雪月》、石子章的《秦翛然竹坞听琴》等。它们都不同程度受文君听琴故事的影响。可见，无论是才子佳人还是人神相恋，心意相通的知音之爱都是人们的追求。

康海与《中山狼》

康海（1475—1540年），字德涵，号对山，陕西武功人。康家祖上以儒术起家，世代为官或经商。康海父亲康镛一辈，弟兄五人皆未成大器。康海之兄康阜年幼聪颖，可惜早逝。康镛将希望寄托在幼子康海身上，死前叮嘱他“当广志意，成闻人，以报先公。即否，亦当必举进士”。康海不负父望，先在乡试中获第七名，又于弘治十五年（1502年）中得状元，任翰林院修撰。康海自此一举成名，“天下惊传得真状元矣”。

康海中状元时只有二十八岁。正德五年（1510年）八月，康海因刘瑾案被削籍为民，距中状元前后只八年。此后，他里居家中长达三十年，不复出仕。康海身为明代文学流派嘉靖“前七子”之一，年少得志，早期便以诗文蜚声文坛。被罢官后，他与七子中的王九思来往密切，诗文往还。两人的遭遇颇为相似，罢官后都因杂剧和散曲为人称誉。特别是他们都写了同名剧本《中山狼》，对明中叶杂剧的振兴有重要影响，被誉为开风气之作。

康海的《中山狼》是一出四折杂剧，根据小说《中山狼传》改编而成。故事讲东郭先生好心救了被猎人追击的中山狼。狼脱险后，反要吃掉东郭先生。东郭先生要求“三老”评理，老杏树和老牛因受

《中山狼》版画

到人类忘恩负义的不公平对待，都赞成狼吃掉东郭先生。最后，幸好得到杖藜老人相助，东郭先生才得以狼口逃生。这一故事在我国流传久远。明代，在康海和王九思之前，以此为题材的有马中锡的小说《中山狼传》。之后，有陈与郊的《中山狼》和汪廷讷的《中山救狼》杂剧，以及无名氏的《中山狼白猿》传奇。但整体而言，康海的杂剧《中山狼》艺术成就最高，也是明初杂剧转型的代表作。

对于康海创作《中山狼》的寓意，时人多有猜测，认为是讽刺李梦阳忘恩负义。李梦阳（字献吉）与康海同为“嘉靖七子”，曾倡导文学复古运动，在当时享有盛名。正德元年，李梦阳代户部尚书韩文帅起草弹劾刘瑾的文书，遭到刘瑾报复，被贬为山西布政司。

李梦阳回到大梁，“筑草堂而居”。可是，刘瑾还不解恨，又将李梦阳陷于狱中，欲置之死地。李梦阳在狱中写信向康海求救，由其妻弟带出给康海。此前，刘瑾因与康海是同乡，且看中康海的才华声名，多次想拉拢而未遂。刘瑾曾让亲信对康海说：“主上欲以汝为吏部侍郎。”康海辞曰：“我服官才五越岁矣，翰林未有五越岁而升部堂者。请为我辞之。”而且，康海曾在一首北曲中指责刘瑾等人的罪行，表示自己“玉洁冰清终自保”的决心。但是，当康海为李梦阳之事去请求刘瑾时，刘瑾不仅没有因为康海拒绝依附而生气，反而还倒屣相迎。李梦阳获救后，于正德三年（1508 年）八月回到大梁闲住。正德五年（1510 年）八月，刘瑾被诛，康海被列为刘瑾奸党，削职为民。半年后，李梦阳重被朝廷起用，诏为江西按察司提学副使，而他并没有为康海申辩。

李开先《康王王唐四才子补传》记，康海“数次援人于死地，弗望报也，而获生者反造谤焉。因为《差差辞》及《中山狼》，而后咎有所归矣”。李开先所说康海“数次援人于死地”，大概就包括救李梦阳之事。康海为人耿直，嫉恶如仇，朋友有难时不惜舍身相救。《明史 • 张敷华传》记载，正德元年（1506 年）冬，左都御史张敷华因指斥时政被罢官，被刘瑾忌恨而欲栽赃。此前张敷华曾任陕西巡抚八年，深得人民爱戴。康海为张敷华向刘瑾请求宽恕，张才得免一死。

不过，如果据此就说康海为讽刺李梦阳而作《中山狼》，也难以成立。李梦阳在江西任职期间，因拒绝豪权再次遭罪，幸得何景明相救。正德八年（1513 年）冬，他在“南康府卧病待罪”，第二年五月，就被罢官北归，自此不仕。由此可见，李梦阳获救后，除在江西三年为官之外，其余时间基本在家赋闲。康海被诬为刘瑾同党的时候，他还没有被起用。因此李梦阳没为康海施救，也不能说

康海状元堂（图片提供：FOTOE）

是忘恩。况且，康海里居家乡之后，仍然与李梦阳有诗文往来。康海削籍为民那年秋天，写《怀李献吉二首》诗约李梦阳“明年游五岳，期尔共衔杯”。正德九年（1514 年），李梦阳为何景明相救之后，写信给康海说“仆交游遍四海矣。赤心朋友惟世恩、德涵与仲默耳”。事后，康海作《怀李二献吉》表达对李的怀念及其才高却不为朝廷所用的惋惜，诗云：“李生当代杰，文赋似班扬。有志摧奸宄，无能立庙郎。飘零依汴水，落魄问衡阳。空抱灵均意，谁人草荐章？”正德十三年（1518 年），康海又让其弟携书致李梦阳。李回诗表达希望友谊长存之意，其诗云：“侵晓书云云四生，向昏濛雨散孤城。敲门怪尔关西使，匹马缘谁淮上行。振柳弄梅今日事，望乡怀友百年情。传言且共阳回喜，天意分明欲太平。”这些诗文信件，都反映了两人的友情在康海罢官后并未中断。

其实，就《中山狼》剧本而言，康海并没有将视线局限于个人恩怨，而是有更深广的社会意旨。中山狼的故事早就有流传，在明代尤盛。明初文坛，馆阁文人把持文坛，诗文创作多“颂圣德，歌太平”，文学总体成就不高。杂剧在经历了元代的鼎盛之后，日渐衰落，也失去了元杂剧强烈的现实批判色彩。同时，明代商品经济发展，社会上出现了种种重利轻义、忘恩负义、人情冷漠与背叛等不良风气。中山狼题材热的出现，正反映了人们对社会负面风气的不满与讽刺，也是明中叶杂剧向元杂剧现实性的复归。康海的杂剧《中山狼》适逢其时，由此引发了明中后期讽刺杂剧创作的新潮流。

徐渭与《四声猿》

徐渭像

徐渭是一位多才多艺的艺术家，诗书文画样样精通，戏曲也多有建树。在杂剧日渐衰落的明代，他创作了市井讽刺杂剧《歌代啸》，以及第一部南戏理论专著《南词叙录》。他的杂剧《四声猿》被视为“天地间一种奇绝文字”、“明曲第一”。

杂剧《四声猿》是一组短剧，由四个剧目组成，分别是《狂鼓史渔阳三弄》、《玉禅师翠乡一梦》、《雌木兰替父从军》、《女状元辞凰得凤》。这四个短剧并非一时一地之作，且剧目长短不一，打破了金元杂剧一本四折的通例。其中《狂鼓史渔阳三弄》一出、《玉禅师翠乡一梦》二出、《雌木兰替父从军》二出、《女状元辞凰得凤》五出，开创了短组讽刺杂剧的先例。《狂鼓史》写祢衡在阴间击鼓骂曹操；《翠乡梦》讲玉通和尚被柳府尹设计破了色戒，死后投身柳家女儿报复，被月明和尚度脱之事；《雌木兰》写花木兰替父从军，返乡后嫁与王郎；《女状元》则记黄崇嘏女扮男装考取状元后弃官为人媳。乍

《四声猿之狂鼓史渔阳三弄》版画

看之下，四剧内容各异，似乎没什么内在联系，与题目更不沾边。徐渭为什么要写这四种杂剧？剧名寓意如何？它又与徐渭的生平经历有什么关系？

对于《四声猿》的题名寓意，世人众说纷纭，莫衷一是。清代画家郑燮（郑板桥）曾说：“忆予幼时，行匣中惟徐天池《四声猿》、方百川制艺二种，读之数十年，未能得力，亦不撒手，相与终焉而已。”《四声猿》问世不久，有倪某人就指出“四剧名《四声猿》，谓为妄喧妄叫”。对此，徐渭写了三首诗作答。第三首诗云：“桃李成蹊不待言，鸟言人昧枉啾喧。要知猿叫肠堪断，除是侬身自做猿。”这一答诗，既指出剧名源于猿叫肠断的典故，又对倪某的“啾喧”作了回应：取此剧名，乃“桃李不言，下自成蹊”。

《四声猿之玉禅师翠乡一梦》版画

猿叫肠断的典故，可见刘义庆的《世说新语·黜免》。据载，齐桓公入蜀时，其部下在三峡抓到一只小猴子。母猴一路追随哀号，竟至气绝肠断。后来，郦道元《水经注》也说，三峡猿啼“空谷传响，哀转久绝”，故渔者歌曰：“巴东三峡巫峡长，猿鸣三声泪沾裳。”徐渭取其声之悲，托意乃见。西陵澂道人将徐渭的《四声猿》比之于屈原的《离骚》、司马迁的《史记》，他在《四声猿原跋》说：“则猿啸之哀，即三声已足堕泪，而况益以四声耶！其托意可知已。”

徐渭为何独感猿声之悲？其诗文或可透露一线天机：“燕语调花气，猿归带讲心”、“自知一夜忘身念，不及朝朝听法猿”。

《四声猿之雌木兰替父从军》版画

这两句诗均写作者与玉芝禅师交往的情景。诗中将“猿”与佛法禅家的“心”、“法”联系在一起，猿与人性相通，既能悲伤，又可悟道。

徐渭结交的朋友中有很多是佛门中人，玉芝禅师是其一。徐渭与玉芝禅师相交很深，且对其非常敬重。他的诗文多次写到玉芝禅师，玉芝禅师也曾为徐渭讲解《首楞严经》。《四声猿》的《翠乡梦》一出，虽来源于红莲与柳翠的故事，但分明有《首楞严经》的影子。《首楞严经》卷一写阿难为摩登伽女施幻术引诱，“将毁戒体”，被如来等人提奖“归来佛所”。《翠乡梦》写玉通和尚破戒时说：“当时西天那摩登伽女，是个有神通的娼妇，用一个淫咒把阿难菩萨霎时

《葡萄图》徐渭（明）

间摄去，几乎儿坏了他戒体。亏了那世尊如来才救得他回，那阿难是个菩萨，尚且如此，何况于我。”这一番话，也体现了徐渭对“真性情”与“人性”的肯定。佛门与政权、虚伪与争斗，在他眼里，还是要回到人之本性。这也是他借猿所悟出的道。正如澂道人所说：“读《四声猿》者不特以玩其词，更当辨其声耳。”

然而，欲“悟其道”、“辨其声”，就要了解徐渭的生平遭遇。徐渭（1521—1593 年），字文清，后改字文长，号青藤、天池，浙江绍兴山阴县人。徐渭生百日而丧父，十岁母亲改嫁，长期依靠异母兄长徐淮生活。儿时的徐渭爱好读书，《畸谱》云：“六岁入小学。书一授数百字。不再目，立诵师所。”徐渭年少就读书广博，才思敏捷，其师教其“务在多读古书，期于大成。勿徒烂记程文而已”。因

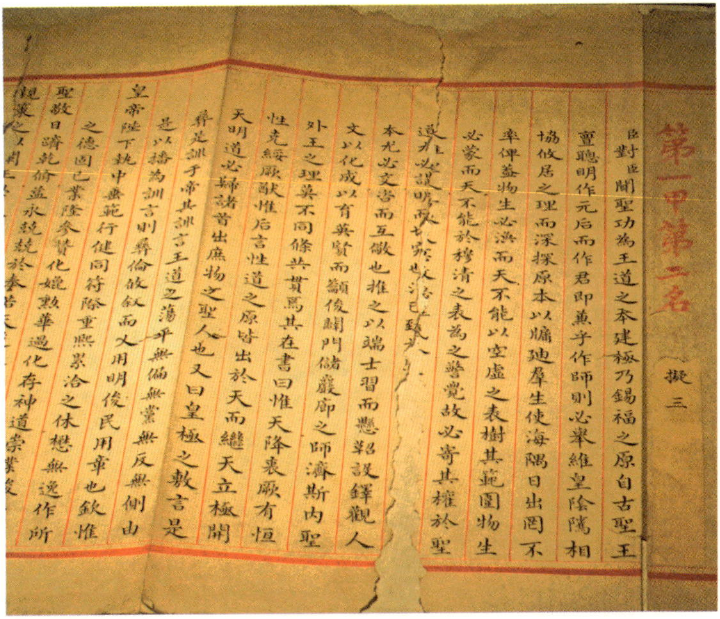

科举考试试卷

古代科举考试场景

此，徐渭自小兴趣广泛，弹琴击剑，习骑射，还自谱新曲，显示出卓越的才华。

有才华者沉沦下僚，这似乎是科举制度下不争的现实。徐渭从十七岁开始参加童试，至嘉靖十九年（1540 年）再次应童试，皆不利。他上书考官，诉说自己的苦衷。书中写道："学无效验，遂不信于父兄，而况骨肉煎逼，箕豆相燃，日夜旋顾，惟身与影。"并表示对未来高远的期许："古人志在四方，故桑孤蓬矢取诸广远，重耳奔窜而霸，马援牧边而达，奋名发迹，岂有拘方？激昂丈夫，焉能婆娑蓬蒿，终受制于人？"这一言词恳切、抱负远大的书信，打动了考官，徐渭因此中了秀才。可惜，此后二十多年，他连续八次参加科

"状元及第"人物粉彩瓷笔筒

举，却没有再前进一步。后人分析其屡受挫折的原因，大概有三：一是徐渭虽博览群书，“期于大成”，却与科举之要求不相符；二是其个性疏狂，一生“疏纵不为儒缚”。在个性思潮动荡的明末，他被视为与李贽并肩的“狂人”，自然不能为讲求规矩的官场所容；三是当时科举仕途黑暗，贿赂成风，徐渭只有才情而无钱财人势依仗，自然没能中举。这成为他创作《女状元》的生活动机。

徐渭的一生，当以“奇”称之：“行奇，遇奇，诗奇，文奇，画奇，书奇，而词曲尤为奇。”作为一位旷世奇才，他的经历富于传奇色彩：八次乡试不中；入赘妻子潘家，妻子潘氏死后，再娶胡氏、王氏、张氏三人，皆以痛苦告终；入幕胡宗宪而受恩宠；富军事才华，善出奇计；因击杀继妻张氏而入狱七年；因病而狂，九次自杀未遂；暮年卖诗书文画维生，贫病而终。

这些传奇性的经历，与《四声猿》联系起来，便可看出其中千丝万缕的牵连。四剧之中，《狂鼓史》当属《四声猿》之冠。徐渭所处的时代，奸臣严嵩当道。《明史·沈炼传》说严嵩“贪婪之性疾入膏肓，愚鄙之心顽于铁石”，“忠谋则多方沮之，谀谄则曲意引之”。当时为锦衣卫的沈炼，曾上疏历数严嵩罪恶，结果遭到严嵩父子诬陷而被斩首。沈炼与徐渭同为“越中十子”，且为徐渭的远房姐夫。徐渭多次作文称颂沈炼为祢衡，如“参军青云士，直节凌邃古。伏阙两上书，裸裳三弄鼓”。又说：“公之死也，诋权奸而不已，致假手于他人，岂非激裸骂于三弄，大有类于挝鼓之祢衡耶？”因此，后人多认为《狂鼓史》是借祢衡击鼓来为沈炼鸣冤。

历史上的祢衡击鼓骂曹操，《后汉书·祢衡传》中有记载。《三国演义》第二十三回《祢正平裸衣骂贼 吉太医下毒遭刑》也写曹操令祢衡为鼓史，祢衡当众裸衣，终被曹操借手杀死。徐渭借祢衡骂曹操之事为沈炼申冤，不过将场景置换到了阴曹地府。事实上，明末权

《击鼓骂曹》年画（图片提供：FOTOE）

奸得势，现实中的祢衡并未能如此痛快地骂出自己的悲愤，只能借虚幻的阴间来实现未遂之愿。所以，祢衡之骂不仅是替沈炼申冤，也是徐渭表达对现实的不满、宣泄内心愤懑的一种方式。

明人绘曹操像

后来，徐渭因杀妻入狱。出狱后十年，他多次游历山水。前两次分别是诸暨五泄之游和江浙之游，第三次是西北之游。塞北的朔漠风光，对徐渭的身心调节及书画创作大有裨益。《雌木兰》就是在此行中酝酿而生。徐渭应吴兑的邀请到宣化府（今河北宣化县），在主张边庭休战进行通商中发挥了一定作用。和战另一方的重要人物就是俺答甥女三娘子。徐渭《边词》有多首描写三娘子的诗，“唤起木兰亲与较，看他用箭是谁长”、“西北谁家妇，雄才似木兰”。对巾帼英雄的赞赏，还有此次塞北之行的经历，成为他创作《雌木兰》的动力与背景。

《木兰从军》瓷板画（图片提供：FOTOE）

天津杨柳青《木兰从军》年画（图片提供：FOTOE）

《雌木兰》与《女状元》皆写女子从军或得仕，徐渭一生数次赴科举而不第，富有军事才能而未仕。这种现实与幻想的差距让他发出“世间事多少糊涂，院本打雌雄不辨”的感慨。《狂鼓史》将现实悲愤以虚幻形式出之。《玉禅师》虽为早期作品，却体现对人性的思考与顿悟。

“少年曾负请缨雄，转眼青袍万事空”，“生无以建立奇功，死当含无穷之恨耳！”他的满腔悲愤与横溢才华都没有找到正确的出路，乃至后来因病而狂，数度自杀，晚年贫病交加。清人钟人杰的《四声猿引》曰：“文长终老，缝掖蹈死狱，负奇穷不可遏灭之气，得此四剧而少舒。所谓峡猿啼夜，声寒神泣；嬉笑怒骂也，歌舞战斗也，辽之丸、旭之书也；腐史之列传，放臣之《离骚》也。顾其词，风流则脱巾啸傲，感慨则登楼怅望，幽幻则冢土荒魂，刻画则地狱变相。较之汉卿、实甫作喁喁儿女语者，何啻千里！”徐渭一生之悲，或可与《四声猿》共鸣。

豫剧《木兰从军》剧照（图片提供：微图）